新潮文庫

マンボウ　最後の大バクチ

北　杜夫著

マンボウ　最後の大バクチ　目次

3章　消え去りゆく物語

マンボウ　最後の大バクチ

人生最後の「躁病《そうびょう》」──まえがき

もうすぐ二十一世紀になろうかという二〇〇〇年の年末から、私は恐らく人生最後の「躁病」を発症した。そうなると急に気が大きくなり、娘や、「新潮45」の中瀬ゆかり編集長（当時）を引き連れて、ギャンブル三昧《ざんまい》の旅に出た。鬱《うつ》生活の頃の私には考えも及ばない破天荒な行いである。

山形の上山《かみのやま》競馬場や平和島の競艇へ行ったり、ラスベガスやソウル、マカオのカジノまで足を延ばしてルーレットやスロットマシンに打ち興じた。

当時の文章をいま読み返してみると、文字通りの愚行の連続で穴があったら入りたい、と言うのが偽らざる心境である。

あの馬鹿《ばか》げたエネルギーをもっと別なことに使えば、きっと素晴らしい作品が書けただろう。それでかなりの印税を手にして、ラスベガスに行ってケチなバクチを打つ事もなかった。この年では、あれほどのエネルギーがないから躁病になるということはもうないだろう。もちろんまたラスベガスに行きたいなんて露ほども思わない。むしろ、最近は、「鬱病が増えている」というニュースが流れると、そちらの方が気になる。私は何度も鬱病になったが、いわゆる自殺をしたいと思ったことは一度もない。熊《くま》の冬眠のように静かにじっと時が過ぎるのを待つのが一番の解決法だと知っていたからである。最悪なのは周りの人が、「病気に負けないで頑張ってね」とか、「早く良くなって職場に復帰してね」という優しい声をかけること。鬱病患者は自身の精神状態が分かっているので、そう言われるのが一番辛《つら》いのだ。

この年まで生きていてわかったことは、ストレスこそが人間の精神にも肉体にも一番いけないということである。今から十二年ほど前、香港にいる中国人の友達に久しぶりに会ったら、ふさふさしていた髪がすっかり無くなっているのにびっくりした事がある。香港が中国に返還されるというので、ものすごく治安が悪くなり、自分の故郷が日々荒廃していくのが耐えられなかったのだという。

ところがその後、友人は無事にカナダへ移住して、髪は元のように生えそろっていた。髪もストレスひとつで抜けたり、生えたりするのだとわかった。

健康のために健康診断を受けたり、体調管理に心を砕くことも大切だろうが、日頃からストレスをためない事が何よりの健康法だ。かの昭和の妖怪《ようかい》と言われた岸信介《のぶすけ》は、長生きの秘訣《ひけつ》を訊《き》かれて「義理を欠くこと」と即答したと言う。私も冠婚葬祭は失礼することにし、年賀状もかなり前から出さないことに決めた。

今や静かに死ぬのを待つばかりである。まさに娘が言うところの「ヨロヨロ」の状態だ。「これ以上、生きよう」という気がさらさらないから、ストレスもない。病気を治そうと薬を色々飲んだり、何かやりたいと意気込んだりすると、かえって体に良くないのだ。

今は何でも、風任せ、妻任せ、娘任せ。連れられるままに、茂吉の生家がある山形や長崎、そして上高地にも出かけ、ちょっぴり昔を懐《なつ》かしんでいる。

茂吉には、「長崎へ」という、一連の歌がある。

長崎のみなとの色に見入るとき遥《はる》けくも吾《あ》は来《きた》りけるかも

茂吉は大正六年から十年まで長崎医学専門学校へ単身赴任している。そんな茂吉の足跡をたどろうと、二〇〇七年は妻と娘と一緒に、長崎を訪れて、寓居《ぐうきょ》そばにある桜町公園の歌碑を見た。

あさ明けて船より鳴れる太笛の　こだまは長し並みよろふ山

その後、茂吉が静養で滞在したという小浜《おばま》温泉にも出かけた。小浜には、「ここに来て落日を見るを常とせり　海の落日も忘れざるべし」という歌碑があるが、残念ながら自筆ではない。山形にも茂吉が母親のことを歌った歌碑があるが、自筆のものはあまりない。やはり自筆ではない歌碑は歌碑じゃないと思うが、本人が、「生きているうちは歌碑など作ってはいけない」と言ったらしいからしようがない。そんなおこがましいことはしないという意味だったようだ。

故郷の山形でも、自分の歌碑は蔵王山《ざおうさん》に一ヵ所しか作らせなかった。それも弟が、「いい石工が四人もいるから、今のうちに作れ」とせっついて、それでようやく納得したらしい。

茂吉は生前、四十代の時に、自分の墓を作り、「茂吉之墓」とだけ彫り、「赤光院仁誉遊阿暁寂清居士」という戒名を付けた。「我が師、左千夫先生より小さく、より低くするように」と言ったらしい。ところが父の葬儀のときにお坊さんが、「茂吉先生なら大居士にしなきゃならん」と騒いで、ひともめしたことがある。

私が万一の場合は、問題は起こらない。スーパー元気な娘に「花は食べられないから固辞。香典はジャンジャン受け取る。香典返しはなし。多くの貢ぎ物さらによし！」と遺言させられましたから。

1章　沈み行く日々

原っぱ

虫採り、凧《たこ》あげ、草野球

むかしの東京にはまだあちこちに原っぱがあったが、私の生れた家と病院のわきには、とりわけ広い二つの原っぱがあった。

病院のわきの原っぱはほとんど雑草におおわれ、虫たちの宝庫であった。私がのちに昆虫マニアになったのは、この原っぱが原点であったのであろう。

ほんの幼いとき、私は家から出るときはまだお手伝いさんにつきそわれていた。ごくおぼろな記憶なのだが、私はまだ朝露が一杯葉についている雑草の中を歩いていて、葉のあいだに見つけた虫を次々と空びんの中に入れていた。泡吹虫の唾《つば》に似た泡をついたところ、中から赤と黒の幼虫が這《は》いだしたときは有頂天になった。草の精を見つけたものと私は思った。草や木に精が住んでいると誰か大人に教えられていたようだ。このときの記憶はよほど強く残っていて、ずっとのちに私は処女長篇「幽霊」の中でくわしくそのことを記している。

やや長じてくると、私はこの原っぱで、虫採り網をふりまわして赤トンボをとらえた。赤トンボは沢山いたので訳なく捕えることができた。大きな子供は手摑《づか》みでそれを採っていた。見ていると、手をくるくるとまわしながら草にとまっている赤トンボに近づき、パッと指で摑むのだった。彼らの言うことによると、トンボはぐるぐるとまわす指を見つめているうち目をまわし逃げようとしなくなるということであった。

他にシオカラトンボがいた。夕方になると大きなギンヤンマがやってきた。子供はオスをギン、メスをチャンと呼んでいた。ヤンマは高く早く飛ぶので網ではとどかない。大きな子供は竹棹《ざお》の先にモチをつけ、これをぶるぶるとふるわしてヤンマをひっつけるのである。

他に飛ぶものはトノサマバッタがいた。子供たちはオオトと呼んでいた。これはずいぶんと長距離を飛ぶのだった。またキチキチと鳴くショウリョウバッタがいた。

少し大きくなると、私は暮から正月あけに行われる凧あげに加わった。大人もやっていて、彼らのあげる凧は遥《はる》か高空にゆったりとあがっていた。また草野球もよくやった。これは草の少ない、私の家の隣りの原っぱのほうが盛んであった。ときどき大人たちもやっていた。見ていると、ピッチャーが四球をつづけて交替するとき、たいてい捕手が投手になるのだった。つまり、草野球ではいちばん上手なものが投手と捕手になるのであった。

愉《たの》しかった原っぱの追憶は尽きない。東京人は故郷がないとよく言われるが、私にとっては青山墓地や原っぱのあった青山がやはりふるさとである。

小さい頃、私たちは夕方おそくなると人さらいにさらわれるとおどかされた。彼らは幼い子をさらって外国のサーカスに売るというのである。或《あ》るとき、バタ屋さんがカゴを背おって、草のあいだから鉄棒で何か拾ってはカゴに入れていた。私はあれが実は人さらいで、他に人のいないとき子供をあのカゴに入れて持ち帰るのだと心から信じて恐ろしかった。

私の記憶では、小学校がひける時刻から夕方までは、たいてい原っぱには子供たちがたむろしていたものだった。それが日中戦争が長びきだした頃から、妙にひっそりと静まるようになった。

ある夏、この原っぱに小さなバラック小屋が建てられ、軍人が来て焼夷弾《しょういだん》を爆発させ、近所の主婦たちがバケツ・リレーで水をかけ、これを消しとめるという訓練が行なわれた。ところが火のまわる勢いは思いのほか早く、あれよあれよという間に建物は焼けてしまった。焼夷弾恐るるに足らずという目的のようだが、どうも逆効果に終ったようであった。

またある夏、そこに木の馬小屋が沢山作られ、ここで馬が大砲を引くというような訓練が行なわれた。一夏、馬たちは訓練を受け、やがて中国大陸へと発《た》って行った。そのあと、私はひっそりとした馬小屋の跡を見に行ったことがある。馬糞《ばふん》が小屋の下に残っているだけで、誰一人いず、妙にがらんとした寂しさを子供心に覚えたものである。

そのうち私は中学に行き、帰宅時間もおそくなったが、いつも原っぱはがらんとひろがっているようだった。小学生たちはどこへ行ってしまったのだろうか。ひとつにはベーゴマなどの遊び道具がなくなってしまったためと、すでに日米戦争も始まり、遊びどころではなくなってしまったのかも知れない。

戦争中、元《もと》ノ原には何か大きな建物が建った。しかし、墓地寄りの原っぱは相変らずがらんとしていた。しかし、この原っぱのおかげで、私たち一家は生命《いのち》をすくわれた。昭和二十年五月二十五日の夜半の大空襲で、私の生家も病院も焼失した。いよいよ火が迫ってきたとき、家にいた母と妹と兄嫁と私は、病院の隣りの原っぱから立山墓地へ逃げた。そのとき、原っぱと病院の境にきたとき、原っぱ一面を火がわたっているように見えた。だが、それは炎ではなく無数の火の粉が烈風に吹きとんでくるのだった。原っぱをわたるとき、火の粉が入ったらしく、私はそのあと夜が明けるまで片目があけられなかった。

懐《なつ》かしい原っぱも、すでに遠い記憶だけである。原っぱのなくなった今の子供らは、一体どこで遊んでいるのだろうか。

ファーブル『昆虫記』のこと

私は幼少期にあまり読書はしなかった。「少年倶楽部《くらぶ》」が主なものであった。

小学校五年の夏、昆虫標本を作るよう宿題が出された。私は虫が好きだったから、はりきって採集し、初めて蝶《ちょう》を展翅《てんし》した。そして二箱の標本をかなり得意で学校に出した。ところが一友人の標本のほうがずっと良かった。第一、それぞれの虫の名を記したラベルが貼《は》ってあった。

虫の名がついている昆虫図鑑というものがあることを私は知った。その頃、もっとも普通だったのは、平山修次郎の『原色千種昆虫図譜』であった。三円三十銭もするのでなかなか買えなかった。ようやく小遣いをため本屋に入ったが、カバーの汚れたものなど買う気がしなかった。横のほうに変ったカバーのある昆虫図譜があった。私はこちらが新版だと思い、それを買った。

家に帰って開いてみると、どうも様子がおかしい。モンシロチョウやシオカラトンボも載っていず、大半は台湾産や朝鮮産の虫なのだ。ようやく私はそれが『原色千種続昆虫図譜』であることに気がついた。正篇を買い直すことはとてもできなかった。

しかし、その冬、私は急性腎炎《じんえん》を病み、半年近く寝ていなければならなかった。ようやく床の上で起きられるようになったとき、大人が気の毒がって『昆虫図譜』の正篇を買ってくれた。これは私のあこがれをしっかり満たしてくれた。どの写真版も暗記するまで何遍も見返した。それで、私は虫の普通種の名をほとんど覚えてしまった。

小学六年になると、そろそろ受験の参考書をさがすため、渋谷から青山までの古本屋をめぐるようになった。その中に岩波文庫のファーブル『昆虫記』があった。その名前だけは知っていた。当時、岩波文庫では二十分冊になっていた。古本屋でまだ持っていない分冊を見つけたときは胸がときめいた。

しかし、『昆虫記』はかなりむずかしい部分もある。虫好きの私でさえ、初めゴミムシの分冊を読み、かなり退屈したものだ。幸い、次に「玉押しコガネ、スカラベ・サクレ」に当って、夢中で面白く読むことができた。

よく文化人などで愛読書として『昆虫記』をあげている人がいるが、果して全部を読んだ人がどれほどいるか、私は疑わしくも思う。

岩波文庫の訳は、虫にくわしくない人のものなので、その和名のつけ方などにおかしいところがあった。

しかし、最近出た奥本大三郎《だいざぶろう》氏の訳は、さすが虫にくわしい人の訳らしく、たとえばファーブルが「スカラベ・サクレ」とした糞虫《くそむし》の同定があやまっていたことなどを正している。

私の体験によれば、一般の人は、「玉押しコガネ」とか、「ヤママユガ」の雌を飼っておくと何十という雄が集まってくるところなどから読みだすといいと思う。

また『昆虫記』では、ところどころにファーブルの「思い出」が出てくる。これは興味ある立派な文学である。

たとえば、ファーブルは少年時代、貧しい農家で育った。母親が言う。アンリ（ファーブルの名）にアヒルを沼で飼わせたら？　父親もそれに賛成する。

少年ファーブルはハダシでアヒルたちを沼まで追ってゆく。さて、アヒルたちが水の中で餌《えさ》を食べだすと、今度はアンリの目がかがやきだす。ピカピカ光る金を含んだ石を見つける。実は金ではなく黄銅鉱なのだ。しかし、みんなポケットにしまいこむ。こちらには宝石よりも美しい甲虫がいる。からのカタツムリの殻に入れて、これもポケットに入れる。しかし、家に帰ると母親が叱《しか》る。「石なんか拾ってポケットは破れるし、虫なんか拾ってもどんな毒があるか知れないよ。この子はきっと将来、ロクな者にはならないだろうねえ」

ファーブルはまた小学校の先生になる。すると一青年がやってきて、幾何学を教えてくれとファーブルに頼む。その頃、ファーブルはまだ幾何学なるものを知らなかった。しかしファーブルはそれを承知し、図書室から一冊の幾何学の本を無断で借り出し、一晩で幾何の初めの部分を覚えてしまう。そして、その生徒にそれを教え、生徒がそれを理解したとき、非常な喜びを覚えたという。

また、科学の実験で、初めて自分で本で読んだとおり酸素を作ったりする。

一般の人はこれらファーブルの「思い出」を読み、それから次第に多くの虫たちの生態に興味を持つといいと考える。

ファーブルの『昆虫記』は、すべてを読むにはちょっとした努力が要るが、それを完訳する奥本氏の努力は大変なものだと思う。日本人は元来虫好きな国民である。ファーブルの『昆虫記』は、当のフランスでも日本ほどは読まれていないそうだ。

昭和の正月風景

僕の家は病院をしていたから、お正月の挨拶《あいさつ》を済ませると大人たちはみんな病院に行った。子どもたちはお手伝いさんと一緒に家に残されて。

そうそう、子どもだけのお正月でもお屠蘇《とそ》は飲みました。幼稚園の頃かな。大きな杯で飲み干しちゃって酔っ払ったことがあります。

それから十二月に入ると百人一首をよくやりました。僕の得意札は「みよしのの……」という歌だったんですけど、ほかの札に気をとられている間に姉が取っちゃったことがあったんです。

そしたら僕は癇癪《かんしゃく》を起こして、姉から札を取り返してびりびりに破いてしまった。一度親父《おやじ》が加わったら、あれよあれよという間に札を取ってしまう。漱石《そうせき》は子どもたちにわざと得意札をとらせて喜ばせてやったといいますけど、茂吉は生真面目《きまじめ》ですから子ども相手でもむきになるんです。

お正月には家に獅子舞《ししまい》が回ってきました。獅子が二匹に半被《はっぴ》を着た人が一人。獅子舞がやってくると親父が出ていって自分の頭を嚙《か》ませるんです。「嚙まれると頭がよくなるから」と言って。それで子どものことは嚙ませないの。僕は横でみていた。いまから考えると勝手な男ですね。

お正月の伝統について特にこだわりはないんです。ただ百人一首は続けてもらいたいな。日本語の意味はわからなくても、五・七や七・五のリズムを体で覚えることができますからね。

「齋藤《さいとう》茂吉」から来た怒りの手紙

物心ついたころの親父《おやじ》の印象はわりに希薄です。病院の業務はもちろん、歌作や勉強で忙しくてほとんど二階の書斎にこもっていましたから。夕食のときなどは顔を見るけど、子供たちとはあまり口もきかない。しかし他人には結構気遣いしてやさしかったけど、家族、高弟には厳しかった。あんな恐ろしい人間をいままで見たことがないくらい、真剣にひたぶるに怒るんです。

当時おふくろは、親父の逆鱗《げきりん》に触れて別居中でした。直接の引き金になったのは僕が六つの時に出た「ダンスホール事件」の新聞記事。美貌《びぼう》のダンス教師と母の仲が公然たるゴシップネタになったので、親父は激怒したわけです。結局おふくろが帰宅するのを許されたのは、十年以上経《た》った敗戦の年で、これも、仲直りしたというよりも、奉公人もいなくなって人手が不足したためでしょう。

僕は昆虫少年で、ほとんど文学書は読まなかった。あまりにも家中に本が溢《あふ》れていて、書斎はおろか床の間やトイレの中まで本棚。普通だったら本に興味を持つのに、かえって恐怖を植えつけられてしまったようです。

しかし勉強のことは小学校時代は全然言われなかったが、僕は勉強をしなくても優等生でした。ところが小学校五年のときに急性腎炎《じんえん》をやって、一学期以上寝込んで、学校へ出てみたら、いきなり劣等生。学科はしばらくして追いついたけれど、何よりも体力的劣等生になった。当時日中戦争は泥沼化して、体育が重視されるようになっていたので、これは学科ができないよりもっとみじめです。しかも中学校の試験は学科試験がなくなって体育と口頭試問だけなのに僕は懸垂も三回しかできない。親父は庭にわざわざ鉄棒までこしらえてくれました。そういうところは子煩悩《ぼんのう》ですね。でも、いくらつくってもらってもできないものはできない。以前の優等生の僕なら、まあ一中を受けているのに、体力テストではとてもじゃないけどダメだと思って、麻布中学を受け、どうにか合格しました。

その後しばらくして、兵役に行って留守中の叔父の部屋で見た昭和十年代のよき時代の松本高校生の写真に憧《あこが》れて、ぜひとも合格してやろうと思った。その頃は四修でも受けられましたから早速猛勉強を始めたら、本番で完全にあがってしまい、できる問題もできない。松高を落ちて、戦争中だけ東大の中にあった東大附属医専――これは短期間に軍医をでっち上げる学校ですが、勉強もしないうちに兵役にとられると心配した親父の薦めでそこを受けさせられました。僕は別に受かりたくないのに、皮肉なもので今度はスラスラ問題が解けて、合格。喜ぶ上級生たちを横目に、三四郎池の回りを歩き、心はうつろでした。ところが、医専の授業を受けて帰ってきた三日目に、親父が突然「宗吉（本名）、おまえは幾つだ？」「十八（数え年）です」「そうか、それは歳《とし》を数え違えた。それならまだ兵隊にとられまい、もう一回高校を受けろ」と言う。いくら愛情があるにしても、歳を数え間違うなんてひどい親父だと思いました。それで中学に復帰したけれど、授業があるわけではなく、工場動員。翌年は一月に試験があって、今度は松高に無事合格しました。

敗戦の年の五月二十五日の大空襲で、私の家も病院も灰燼《かいじん》に帰しました。その年の上級学校合格者は八月一日入学なので、僕は松高の寮に行く前まで、小金井にあった兄嫁の実家の病院の病室に泊めてもらい、そこで親父の中期の頃の歌集『寒雲』を手にとりました。それまで親父の歌なんて読んだことがなかったのが、家が焼け、一面の砂漠のような焼け野原や死体の山も見、という体験を経て初めて『寒雲』を読んだわけです。その衝撃。理科少年だった僕がなぜあんなに感動したのかいまだにわからないですが、それから茂吉の歌の世界にはまっていきました。

食料事情などの関係で、入学式の前に寮が一時閉鎖されたので、親父が疎開《そかい》している山形の金瓶《かなかめ》村に行くことになって。前は煙たい親父だったけど、既に僕の中では崇拝する歌人になっていたので、ひたすらに慎ましい気持ちで行ったのです。ところがいざ着いてみると、おふくろをガミガミ叱《しか》りつけているし、蚤《のみ》に食われたことをカンカンに怒っている。「やっぱり茂吉という人間は、そばにいないで遠くで本でも読んでるのが一番だ」としみじみ思いましたね。

僕は小説形式で、文章も思想もトーマス・マンに学んだのですが、さらに考えれば、親父の短歌に出会ったのが最大のショックでした。恥ずかしいけれど、あのころ親父の模倣歌も作っていて、高校二年のとき少し自信がついたから、親父に見てもらいたくて、歌稿を送ってみた。そしたら、マル印や二重丸までついたものが戻ってきて、「父の『赤光《しゃっこう》』時代の歌に似ている、勉学の合間に少しつくってみるがいい」とまで書かれていて、天にものぼる心持ちでした。しかしそれが続いたあと三年生になって、親父は知り合いの教授を通じて僕の成績を調査して、ビリから数えたほうが早いのを知り、激怒。「大馬鹿者《ばかもの》！　短歌などすぐやめよ！」という手紙が来て、さすがに震え上がりました。もっと偉い学者や文人は父親に反抗したりしたらしいけど、僕は反抗できるほど強くない。というよりも茂吉が強力すぎる。

　それで何とか東北大学の医学部にもぐりこみ、大学三年の頃「文芸首都」に投稿した最初の散文が載りました。茂吉をなまじっか尊敬してしまったため、本名で文学をやるのは恥ずかしいと思って、わざと「北杜夫」なんて安っぽいペンネームをつけて発表したんです。親父にはもちろん見せていません。

　でもあるときに僕が大学から帰省したら、「文学なんか絶対やらせん！」と、わめきながら廊下を歩いていく後ろ姿を見たことがある。悪気はなく、告げ口する人がいるんです。たとえば、下宿の大家さんが、僕が本格的に小説を書き出していて学校に行かないのを見て、「宗吉さんはちっとも大学にいらっしゃらない」という手紙を出したらしく、出し抜けに親父から、「女というものは怖いものだから、絶対に近寄ってはならぬ」という手紙が来たこともあります。学校に行かないのは女のせいだと決めつけている。短絡的なんです。自分だって、医局時代随分遊廓《ゆうかく》に通ったのに。

　晩年の親父はもう衰えて廃人同様でしたから、近いうち親父の訃報《ふほう》を受け取るだろうと思っていました。だけど、先輩とグデングデンに酔って帰った下宿で「チチキトクスグカエレ」という電報を受け取ったのはさすがに恥ずかしかった。隣の家に行って電話をしたら、兄が出て「ゲシュトルベン（死亡）」と一言。その瞬間、涙がバーッと出て。東京に向かう夜行列車で、大学に入学してからはずっと開いてなかった

『赤光』を読みました。そして鞄《かばん》の中にはほとんど完成していた「幽霊」の原稿を携えていた。親父の死と僕の処女長篇の誕生がほとんど一緒というのは何か不思議です。

親父の死後、自宅に置いてあった骨壺《こつつぼ》から黙って四、五片取り出して、紙に包んで仙台へ持って帰りました。親父に対する尊敬の念は文学者として抱いていたけど、夜汽車の中で、「この感情は一種の愛である」ということを自覚したんです。それで、「骨くらいそばに置きたい」と。これはホロリとする話だけど、その後何年もウイスキーの空き箱の中に入れてほっぽっといたのはちょっとね。今はようやく小さな仏壇を買って、そこに納めて書斎に置いています。僕が死んだときは、僕の骨と親父の骨を混ぜて、青山の墓地にあるおやじの墓のそばに入れてもらうように言ってあるんです。

「見ろ！ ろくでなしに思ってても案外ちゃんとした息子ではないか」なんて。こういうふうに威張るところはちょっとまずいですね。

初めての活字

大学時代、詩や小説の習作を書きだしたとき、やはり自信がなく、せめて原稿用紙代でも稼ぎたいと、幾つかの雑誌にコントや詩を投稿してみた。みんな落選してしまったが、ただ一つの雑誌社からハガキが来た。

「あなたの作品は惜しくも入選しなかったが、捨てるには惜しい作品なので、〇〇先生の代作として採用する」

原稿料は一枚三円三十銭であった。それでも原稿用紙くらい買える金額だったので、私はそこに二つ三つのコントを送ってみた。するとそれらはすべて採用されたが、いずれも△△先生や××先生の代作なのであった。

そのうち、その出版社から手紙が来て、「あなたが医学生だとのことを知って頼みたいことがあるので、休みに帰京したときに御来社されたし」とあった。私は仙台の住所のほかに、東京の住所も記していたからである。

私は冬休みに帰京したとき、勇んでその出版社を訪ねてみた。私のコントの載ったカストリ雑誌のうしろには、「編集小僧」という欄があって、「〇〇編集長の引出しをのぞいていたら、次号の〇〇先生の原稿があって、そのすばらしさに思わず終りまで読みふけってしまった。乞《こう》御期待、次号を」などと記してあって、相当の出版社らしいことが想像された。

ところが、住所をあてに訪ねて行くと、意外に小さな二階屋であった。「貧弱な出版社だなあ」と思ってはいってゆくと、二階の日本間に案内された。小男が出てきて、「ちょっとお待ちを」と言って出て行ったので、「あれが編集小僧かな」と思って待っていると、ふたたびその男が戻ってきた。

そして、やがてもっと驚くべきことがわかった。その男は、自分一人で社長や編集長や編集小僧をかね、多くの〇〇先生や××先生もかね、さすがに手にあまるところは応募作を代作として安く買いとり、二種のカストリ雑誌を発行しているのであった。

やがてその男は、『〇〇博士著、食事療法』という本を持ってきて、「これはみんな私が書いたのです」と言った。そして私に医学をやれとしきりにすすめた。いずれヴァン・デ・ヴェルデの『完全なる結婚』のような性学の本をお頼みする機会もあるから、ということだった。

私はガッカリもしたが、いずれにせよ代作とはいえ自分の書いた作品が載っている雑誌を本屋で見たいと思った。ところが、どこの本屋にもその雑誌は置いていなかった。

ずっとあとになって、私は上野駅の地下道でムシロにカストリ雑誌を並べて売っているところに、初めてその雑誌を見つけた。

これらのコントを私は今となっては読んでみたいとも思う。しかし、当時の私はおそらくガッカリしてしまって、貰《もら》った雑誌とも捨ててしまったようだ。いくらか惜しいような気もやはりするのである。

「航海」前後

「マンボウ航海」へ出るとき、さすがに私なりに心配もした。船なんかに乗ったことはないし、六百トンの船でヨーロッパへ行くのは危険だと家の者も心配したからである。船に強いか弱いかも分らず、留学した先輩から「タクシーの後部座席で新聞を読んで気持がわるくならねば大丈夫だ」と聞き、実際に試してみたりした。

話が決まってから出港まで三日しかなかったので慌《あわただ》しい日を過していた頃、帰宅しようとしたら渋谷のガード下に占い師がいた。それまで占いなど見て貰《もら》ったことはなかったが、急にその気になった。

「船に乗るのだが、沈まぬだろうか？」

と私は尋ねた。男の占い師は私の手相を見たのち、

「沈みませんな。大丈夫です」

と言った。考えてみれば船は沈むより沈まぬほうが多いし、誰が不吉なことを言っ

て客をおびやかすようなことをするだろう。ともあれ、あまりに簡単であったし、占い料は「十五分。千円」とか書かれてあったので、私はふと、北杜夫という文字を書いてみせ、

「これはペンネームですが、このままでいいだろうか」

と訊《き》いた。

その筆名はもう十年前につけたもので、すでに私は三十歳を越え、ようやく文芸雑誌に二つ短篇を発表できたものの、あまりに若年めいた名だったので自分でも少し鼻についていたからである。

すると占い師は、字画を数えたりウームとうなったりしていたが、

「この名前はいいです。これでおやりなさい」

と言った。

占い師のおかげで、私はその後もずっと北杜夫のままとなったのである。

五カ月半の航海を終えて帰国したとき、当時は新人作家がマグロ調査船で外国へ行くというだけで珍しかったので新聞にその記事が出た。すると四社ほどの出版社から旅行記を書かないかという依頼があった。しかし、その頃私は純文学だけを書きたいと思っていたのですべてお断わりした。

その中に、中央公論社の宮脇俊三《みやわきしゅんぞう》さんがおられた。宮脇さんはそれでも諦《あきら》めず、ときどき酒をつきあったりしながら、それとなくすすめるのだった。それも、ぜひ書けとは言わず、もしできたら、というような具合である。そのうちに私は十二指腸カイヨウを患《わずら》い、ちょうど半分ほど書いていた「夜と霧の隅で」が難航してしまった。それで私はしばらく仕事をやめたがまだ良くならぬ。思いきってバカげたことでも書けばストレスも良くなるのではないかと考えた。それで、依頼を受けて半年後にその仕事を引受けた。

当時の私はごく遅筆だった。しかし、航海中に港々から同人雑誌に送った文章もかなりあるし、何よりノート三冊のくわしい日誌があるので、二カ月足らずで書きあげた。

宮脇さんは本造りの名手と言われ、何より職人気質で仕事をする方であった。たとえば或《あ》る章の終りが、ページ二、三行になったり或《あ》いはびっしり終りまでつまっているのは感じがわるいと言って、一々行数を数え、「何章プラス何行。何章マイナス何行」という表を私のところに持ってきたりした。私は申訳なさから懸命に直した。

さて、そのあと困ったことが起った。私は人類の潜水の歴史に簡単に触れておいたのだが、本ができる頃、次々と記録が新しくなったのである。私はそれをまた一々直そうとした。ところがその章はいくらも余白がなかった。それで私は一つを直したあと、またそれを消したり、とにかく字数をあわせるだけで大変な苦労をしたのである。

「楡《にれ》家」の裏側

『楡家の人びと』は私の一族の三代にわたる小説であるが、もとよりトーマス・マンの『ブッデンブローク家の人びと』を模したものである。マンの長篇に感銘を受け、いつかは一家の歴史を書いてみようと大学生になってからずっと考えていた。と言うのは、私の祖父に当る楡基一郎の一風変った人柄について、折に触れて聞くことが多かったからである。火事で焼失した昔の病院が一見宮殿のようだったとは聞いていた。しかし、写真も見たことがなかったから、どんなものだったかはまったく分らなかった。

たまたま、大学生として生活していた仙台に、小説の桃子の原型である叔母がいて、久方ぶりに会うことができた。叔母は話好きで、昔の思い出をよく語ってくれた。そして持っていた昔の病院の写真も見せてくれた。その確かに宮殿のような外観を見て、私はこの小説はもう書けたとも思った。

大学を終え帰京してから、私はぼつぼつと病院の関係者から取材を開始した。私が結婚してからは、それらの話を元にして構想を固めるため、また仙台の叔母を訪ね、山形の父の弟（三瓶《みひら》城吉の原型）を訪ねたりした。その他、昔の薬局長であった守屋さん（菅野《すがの》康三郎《こうざぶろう》の原型）や叔父西洋の妻（千代子の原型）の話をよく聞いた。おぼろに第一部の構想が浮びあがってきた。

物語を私の生れるかなり前の大正七年から始める予定だったので、当時の世相を知ろうと新聞を調べることにした。その頃の新聞は国会図書館にもなく、新潮社の小島喜久江《きくえ》さんに頼んで、東大の史料編纂所《へんさんじょ》に通った。朝日新聞と都新聞を調べた。都新聞の薬の広告などが面白く、私は作中でノイローゼの薬好きの書生を作って彼にそれらを買わせたりした。また天然色写真の記事などは、これまた創造人物のビリケンさんに朗読させたりした。

これらの人物はすぐに消えたが、初めから終り近くまでいろいろと顔を出す佐久間熊五郎《くまごろう》という書生もまた創造人物である。これは基一郎が愛想のよいことを示すエピソードとして、初め病院の廊下に佇《たたず》んでいただけで基一郎にねぎらわれた名前もない一書生として登場するのだが、やがて桃子に活動写真の面白さを教えた書生として現われ、のちに満洲でソ連軍に囚《とら》えられるまで活躍する人物となったのである。

第一部、第二部と「新潮」に連載し、第三部は書下ろしとなったが、その間に南太平洋の旅がはさまった。第三部で描くつもりの太平洋戦争の場面をどことどこにするかまだ決めてはいなかった。なにげなく真珠湾攻撃をハワイ側から描こうかなどと考えて、いざハワイに着きパイナップル畠《ばたけ》から真珠湾を眺めると、まことに平和で駘蕩《たいとう》としていてまったく戦いのイメージが湧《わ》いてこないのである。結局、空母に乗ってハワイ攻撃に行った姉の夫（城木達紀《たつのり》の原型）の話を参考にして、それを描いた。義兄は克明な日記を残していて、またその文章が実に良いのであった。私は「楡家」の中にかなりその日記を引用したが、ほとんどが原文のままである。

一方、幸いであったのは旅の終りにまたハワイに戻りそこから帰国したところ、予定になかったことに、旅客機が途中、給油のためにウェーク島に着陸したことだ。機外に出ることを許され、私は岩と灌木《かんぼく》のあいだを縫って海辺に行き、群青《ぐんじょう》にひろがる南国の海を眺めた。イノコズチを大きくしたようなトゲトゲした実が幾つもズボンにくっついた。この島を使おうと思った。わが家にはこの島で戦った叔父がいた。彼から島の日常を聞き、また海軍部隊の隊長の一冊の手記を元にして、私は兄峻一《しゅんいち》がウェーク島で飢える場面を描いた。わずかでも自分の目で島を眺めたことから、私は島の自然を描写するにも自信を持って書くことができた。本当の兄茂太の中国での戦争体験は、叔父米国《よねくに》の出征体験として描いた。

『楡家』では登場人物の名は変えてはあるが、その性格はほぼ似たように描かれている。ただこの米国だけは実名で、しかしその性格はまったく異なって作られている。

愛読した『ブッデンブローク』では、トーニも好きだが、クリスチアン・ブッデンブロークの変人ぶりは私の好みであった。マンはこのような奇妙な人物を書くとまことに絶妙で、私は一度はこのような人間を描いてみたいと思っていた。それで、米国をかような奇妙な人物としたのである。

彼が自分でそうと信じている脊髄性筋萎縮症《せきずいせいきんいしゅくしょう》は、実は医局時代に私がそうと妄想した病気である。米国叔父は確かに一時肺結核でバターを多く食べたり本院でニワトリを飼っていたりしたが、そんな病気とは関係なく、またちゃんと妻子を持っていた。しかし、西洋叔父の妻に言わせると、齋藤家はみんな一人ひとり一風変っていて、とんだ家に嫁入ったものだと思ったことは確かなのである。

トーマス・マンの長篇

私が、最初にもっとも感動したのは、マンの最初の長篇『ブッデンブローク家の人びと』であった。

マンは初めハンノ少年の幼い死を描きたかったのだが、それをもっと深く表わすためにはずっと時代をさかのぼらねばと思い、結局四代にわたるブッデンブローク家の歴史を描いたのである。

小説、なかんずく長篇には伏線が必要である。この長篇でもっとも効果的にあつかわれたのは家系図である。

トーニは初め商人グリューンリッヒに求婚されるが、彼が嫌いで堪《たま》らず、家のあるリューベックの近くにある海岸トラーヴェミュンデで理想主義者の大学生と知合い恋をし、結婚の約束をする。しかし、これを知ったグリューンリッヒによって邪魔をされ、兄のトーマスに無理矢理リューベックに連れ戻される。

しかし、或《あ》る日彼女はふと家系図を見、自分の家がいかに由緒《ゆいしょ》ある商会であるかを知り、この家のために生きようと決意し、自らペンをとって、「……一八四五年九月二十二日、トーニは商人グリューンリッヒと婚約す」と書き記す。

一方、最後に生れたハンノは、音楽にしか興味のないカゲロウのようなかぼそい存在である。つまり初めはブッデンブローク家の男は粗野ではあるが、たくましく生命力のある存在である。しかし、時代と共に洗練されてはくるが、その生命力が少なくなってくる。ましてハンノの母である芸術性のある女性が嫁いでくると、まったく生命力を失ってしまう。事実、ハンノ少年はチフスにかかり生命《いのち》を失い、百年にわたるブッデンブローク商会は消滅してしまうのだ。

その前にも伏線がある。つまりハンノの父親のトーマスはまことに紳士であるが、その弟のクリスチアンは商人の子にふさわしくない奇妙で変った存在である。子供の頃から、「ぼく、急に食べられなくなっちゃうんだ。もう食べられないと思うと、もう食べられなくなっちゃうんだ」とか、長じても「ぼくの身体《からだ》の神経は、片側だけ短かいんです」とか言っている。早くも家の没落の前兆である。

私がもっとも感心したのは、ハンノ少年もまた或る日家系図を見、「何月何日、ハンノが生れる」と書かれてある。そこで彼はペンをとり、家系図の空白をすっかり斜めの線を描いて消してしまう。あとでこれを見つけた参事会員が何でこんなことをしたのかと激しく叱《しか》ると、ハンノ少年はどもりどもりこう言う。「ぼく、ぼく、これで終りかと思ったの」。そして事実その通りになるのである。

マンは細密描写で知られる作家である。それでもっとも描きたかったハンノの死を、どんなに克明に書くかと思うと、「チフスという病気は次のような症状を呈するものである」に始まるまことに医学的な解説をするだけである。これまた見事な効果と言えよう。

この長篇の原稿を渡されたとき、生涯ずっとマンの本を出版してきたフィッシャー書店は、その頃まだマンは短篇集を一冊出しただけの作家であったから、「少し短くしてくれないか」と手紙を送った。そのときマンは兵役についていて病気になり、陸軍病院に入院していたが、そこから「長いということがこの小説の特徴である」と書き送ったので、思いきってそのまま出版に踏みきった由《よし》である。

帰り道で出会った新人の運転手さん

十年ぶりに躁《そう》となった私は、実に十年ぶりに銀座へ出た。長い対談も無事に済まして、帰途、古いなじみの編集者とタクシーに乗った。

世田谷の私の家を頼むと、運転手さんは地図を開いて探しだした。

「甲州街道は?」と訊《き》くと、「主な道路は知っていますが、実際に走ったことは少ないので教えて頂ければ」と、丁寧に率直に言った。そして「新人ですから」ともつけ加えた。

その態度も好感が持てたし、かなりの年配なのに「新人」と言うのがいぶかしかった。以前は地方から来て東京をよく知らぬ運転手さんに出くわしたものの、そういう人とは違うようだ。躁病の私はついその旨《むね》を運転手さんに尋ねた。

すると、M鉱山に勤務していたが、五十を過ぎてリストラに遭い、妻とも別れ、昼は会社、夜はこうしてタクシーをやりだしたという。

「大学で土木工学を専攻して、いい時期は中国で橋梁《きょうりょう》を作ったりもしましたけどね」

「それはよいお仕事をなさいましたね」

それでこの運転手さんが上品でかなりのインテリであることが分かった。私はお気の毒になり、少しは慰めになろうかと、おせっかいにも、

「私もごらんの通り、足腰が弱ってガタガタです。齢《とし》をとることが、まさかこんなに辛《つら》いとは思っていませんでした」

これは本音で、しょっちゅう人に言っていた言葉である。なかんずく鬱《うつ》気味のときは。すると、

「そうですか……。私なんか生きてるのが大変で、死んだほうがいいかなと少年時代から考えていました」

私は驚いて、しばらく黙っていた。それからやっと尋ねてみた。

「少年の頃から死にたいと思われたのは、どうしてなんですか？」

「あんまり苦しくてね。死んだほうがマシだと。私は半分中国人なんです。父親が日本人、母親が中国人。十三歳の時、日本に来ました。日本語は分からないし、いじめられたし、それ以上に、自分が何者か分からなくなったんです。死ぬことばかり考えた少年時代でした。それでも死ねないし。日本語を覚えるのに十年かかりました」

私はますます驚いた。気の毒なことは確かだが、ふつう子供の方が異国に行っても大人より早くしゃべれるものだからである。だが、それなりの話があった。中国人である母親は生きることに追われて彼の内面の苦しみに少しも関心を払わなかった。四人兄弟のうち小さい子はすぐ日本に溶けこめたが、なまじ十三歳になっていた彼は順応できなかった。すでに中国語でものを考える人間になっていたからである。家族にも理解されず、友人もできず、一人ぽっちだったという訳であった。

「失礼ですが、中国人ということで差別されましたか？」

「そりゃされましたとも。今でもです。中国人だと言うと、それだけでお客さんはそっぽを向きますからね。『日本人でも中国人でもあるなんて、二つの国が分かっていいじゃないですか』と言われるくらいです」

私は胸がつまって、自分は中国や韓国の人に会うと、過去の日本の非道をあやまることにしている、しかし、それは庶民というか、普通の個人であって、政府の役人や国家には絶対あやまらぬ、なぜと言って、国家というものはそもそもエゴイストであり、なまじ謝罪すると相手はつけあがり援助を要求したりするものだからだ、と述べた。

私が個人にあやまるようになったのは、何も歴史を勉強したからではない。敗戦の日八月十五日、大町の工場に動員されていた松本高校に入りたての私たちは、陛下の御放送を聞くために広場に整列していた。陛下のお声は妙に甲高くて聞きとりがたく、それよりもラジオにひどい雑音が入るため、私はまだその内容を理解できずにいた。不意に、前にいた生徒が肩を震わせ嗚咽《おえつ》を漏らし始めた。そして私もようやくそれが、敗戦を、敵方の共同宣言受諾を告げるものであることが理解できた。

軍国少年であった私たちは泣きながらばらばらに解散して行った。すると思いがけぬことが起こった。あちこちから、抑圧された声ではあったが「万歳！」の声があがった。同じ工場に動員されていた朝鮮人労働者の声であった。私は何も知らないできた。朝鮮は日本の一部で、彼らは同胞だと信じていた。その同胞が日本の敗戦に対し「万歳」を叫ぶとは！ 口惜《くや》しくて口惜しくて、下の白い砂地を見つめて夢中で歩いた。

そんな私も、すぐに日本が朝鮮を植民地にしたことを知った。何より時が経《た》って、「文芸首都」という同人誌に入った時、朝鮮の作家志望者がかなり出入りしていた。なかんずくその一人はまことに良い人で才能もあり、やがて佐藤愛子たちと作った

「半世界」にも入ってきた。そして、彼が初めはおずおずと、やがては堰《せき》を切ったように、過去に朝鮮に対して日本がいかに暴虐《ぼうぎゃく》に振る舞ったかを語ってくれたのだ。そういう人の生の体験をこの耳でじかに聞いたからこそ、私は韓国や中国の人に謝罪するようになったのである。

もとより私は運転手さんにこう話したのではない。ただ、どこの国にも情も解せぬ人間がいるが、心ない日本人が失礼したのは許して貰《もら》いたい、と述べずにはいられなかった。

運転手さんは、中国は日本の他に列強にも侵略されたが、自国の文化は守ってきたと言った。私が日本は戦争に敗《ま》けたのが一回きりで……と言いかけると、運転手さんは「日本人はラッキーなのです」と言った。私は「確かにラッキーでした。でも、そのぶん利口にもなれませんでした」と言った。

そして話に熱中して道を間違い、「新人」の運転手さんのためもあって、ずいぶんと回り道したが、やっと自宅にたどり着いた。さて一人になって考えてみると、あの品のよい運転手さんの立場はいかにも気の毒とはいえ、その考え方は少しペシミスティックにすぎるのではないかともちらと思った。

しかし、私が降りたあと編集者が家までの間に聞いた話によると、無理もないと思わざるを得なかった。戦争の悲しい犠牲者、その余波を未《いま》だに引きずっている人がいたのである。それは、それこそ無数にいることだろう。

そして私は、自分も空襲による被災体験、その折に見たおびただしい屍体《したい》、その他戦争の悲惨さは決して忘れているわけではないけれど、実は自分が生ぬるい平和にひたって鈍くなっていて、ややもするとこういう人たちのことを忘れて自堕落に暮らしていたことを反省させられた。しかし、愚かな私のことだ。こうした気持ちもおそらく一カ月もすれば消えてしまうのではあるまいか。

世を捨てたらストレスない

二〇〇三年は父・齋藤茂吉の没後五十年だった。父の訃報《ふほう》に接した時は東北大病院の実習医だった。葬儀に向かう際、完成しかけた最初の長篇「幽霊」の草稿を抱えていて、「一つの凍えた宿命と循環」を感じた。

文学に開眼したきっかけは、トーマス・マンではなくおやじの短歌や随筆であった。大学旧制松本高校に入学する直前に寮で自選歌集『朝の螢《ほたる》』を読んで妙に感動した。大学に入ってから、なんらかの文学的表現をしたいと思い、最初は詩を書いて、それから小説に行った。トーマス・マンの『トニオ・クレーゲル』に感心して、その何十分の一のものでも書けたら、と。同人誌「文芸首都」の頃は、自分たちが日本の文壇を改革するという気負いがあった。すぐに自分のダメさ加減に気づいて、その気持ちはなくなりましたが。

作家になってうれしかったのは『楡《にれ》家の人びと』(六四年)を書き上げた時です。

後はぜんぜんだめで騒いでばかり……。悔い多き一生です。他に残していいのは叙情性の点で『幽霊』、いくつかの初期短篇、中期の『黄いろい船』、二、三の軽いエッセーくらい。『どくとるマンボウ航海記』（六〇年）は単なる旅行記じゃなく、雑学をみなたたき込んだ。ユーモアにしても思い切ったトーンを意図した。当時、日本文学は外国と比べてユーモアに乏しく、声に出して笑うようなものは三流とみなす風潮があった。僕は文学的に余りいい影響は残さなかったと思いますが、あの時代に誇張したユーモアを出したということはあるかもしれません。

現在の文学はよく知らないので語る資格がないんですが、文学低迷とか読書離れといったことは、いつの時代もある程度は言われていたことなんですね。物がない時代には本は魅力的でした。空襲であちこち焼けて物がない頃に文房具屋に入ると、街で見かけなくなったGペン（ペン先）がごっそり売られていて、軍需工場で働いた報奨金をはたいて一生使い切れないほど買い込んだ記憶があります。こんなだから物不足になるんですね。

子供時代はおやじの書斎に余りに本があって、本恐怖症でした。でも旧制高校に入る頃には、学生らしい文化的なスタイルにあこがれが募った。寮に入るとみんな高尚な議論をしていて、本を読んでいないと会話についていけないので闇雲《やみくも》に読み出したんです。

『幽霊』の自伝的シリーズは第二部の（若き日の失恋と欧州体験まで描いた）『木精《こだま》』で途絶えていますが、後はもう無理です。腰が痛くて、まともな形容詞一つ出て来ないようではだめですね。構想は考えていて、第三部は作家になった後の回想で、半分が後悔の念。第四部は、七十代になって登山隊に参加し、第三キャンプまで進出して吹雪で凍死する。その直前にテントで私なりの人生論をつづる……つもりだったんですけどね。

最近はまともに本も読まない。執筆もしない。ビデオも見ない。何年も前に年賀状に「今年限りにします。世を捨てた北杜夫」と刷って、遅くても二年ぐらいで死ぬつもりだった。ところが何もしないおかげでストレスがないせいか、なかなか死なない。困っちゃって。

広がる大地

北の大地再訪

私は娘を連れて遊園地にも行ったことがない。娘は友人のパパがドライブなどに連れてゆくのが羨《うらや》ましくて堪《たま》らなかったらしい。大きくなってから二度外国へ一緒に行ったが、これも本当は私の母、齋藤輝子《てるこ》の意向からであった。

娘は結婚してから家族全員で北海道に行きたいと言っていた。私も北海道はちょっとしか知らない。ずっと昔、元の南極観測船「宗谷」がオホーツク海の流氷調査に行ったとき同乗し、小樽《おたる》などにちょっと寄った。「宗谷」の砕氷能力は高くなく、オホーツク海に出る前に氷に閉ざされて動けず、引き返した。更にのち、日高地方にある佐藤愛子さんの別荘に行った。このとき、空港から遥《はる》かつづく本州にはないような大地の広がりを初めて知った。

それで二〇〇五年の夏、一家揃《そろ》って北海道に旅立つことにした。羽田空港から新千《ち》歳《とせ》空港まではごく短時間の飛行である。そこからレンタカーを借りて、まず近くの

「ノーザンホースパーク」に行くことにした。

かなり以前、私はここで妻と一緒に馬で外乗に行ったことがある。それは以前、佐藤愛子さんの所に行ったとき、近くの牧場で競走馬あがりの馬に乗って楽しかった思い出があったからである。

佐藤愛子さんの別荘は、村はずれの小高い丘の上にあった。以前、この土地では東京人の別荘など建つのは初めてだったので、村ではいろいろに噂《うわさ》された。一つは女のくせにあんな大きな家を建てるのは生意気だという意見、もう一つは女でこんな家を作るのはアッパレだという意見である。

さて本人の愛子さんが来てみると、そのキップの良さでたちまち村の人気ものになった。みんなは愛子先生と呼び、漁師さんたちは漁《と》った魚などをたびたび届けにくるという。

一夜、村の漁師さんが佐藤さんの家でパーティをひらいた。それぞれが刺身やイクラを持ち寄り、酒は愛子さんのおごりである。

佐藤さんがその前に、「みんなは東京の作家というと柔弱な男だと思っているようなので、北さんはそうじゃないと言っておいたわ」と話したので、私も何とかそれに応《こた》えようと考えた。

まずみんなの中で一番変わっている男が、アポロという名の犬を飼っていると聞いたので、かつてアメリカでアポロ11号の発射を見たことを話したが、みんなはちっとも反応しなかった。

それで、私は昔六百トンのマグロ調査船に乗ったことを話したが、それにも少しも感心してくれなかった。

北海道のサケマス漁船のことなら関心があるかと思うと、これまた無反応である。

実はみんなは近海でわずか二、三十トンの船に乗って漁をしているので、大きな船には関心がないのである。

それで私は、「ぼくは東京の生っちろい作家ではない。今朝も馬をギャロップで走らせてきたし……」と言うと、「それは馬が走ったので、あんたが走らにゃダメだ」と、遂にやりこめられてしまった。

いずれにしても粗彫《あらぼり》でたくましい北海道の漁師さんたちであった。

ところで馬での外乗のコースは近いうちにゴルフコースになって廃止になるという。広い牧草地や森林の中を走り、帰途には夕日が沈みかけて実に美しい光景であった。

今回の旅行では、私は歳《とし》をとってもう馬に乗れぬので家族みんなで馬車に乗った。幌つきの馬車で場内を一周するコースがある。手綱をとる方はその「社台ファーム」

の創設者である吉田善哉《ぜんや》さん時代から働いているという。昔の牧場の思い出などを話してくれた。馬車を引く極く大きな馬はクライスディールという品種の老馬であったが、たくましく太い肢《あし》をしていて、その足は長い毛でおおわれていた。

そのあと、赤い屋根のレストランでビールを飲む。私はグリーンアスパラガスの冷製スープだけを頼んだが、妻や娘夫婦は食いしん坊だし、中学生の孫も食べ盛りなので、生ハムのサラダ、ノーザン特製チーズバーガー、パテ、手造りソーセージ、ニセコ産男爵芋《だんしゃくいも》とバター、真狩《まっかり》産ハーブ豚のソテー、ニソワーズサラダ、とたくさん食べた。

娘は「このジャガ芋おいしい。やっぱり北海道に来たらジャガ芋が一番ね」などと満足していた。

そのあと、みんなでソフトクリームを食べてから、妻たちは狭い柵《さく》の中で馬に乗った。辺りの薄緑色の芝生が午後の陽ざしを受けて美しかった。

かなり満ちたりた気分でニセコに向かう。途中、支笏湖《しこつこ》のそばを通ると木々の間から美しい湖面の様子がうかがわれる。又、道路にはクマやキツネの絵が描かれた道路標識がたくさんあって、いかにも北海道らしい。ホテルに着き、私は部屋で休んでいたが妻たちはかなり忙しく遊んでいた。露天風呂《ぶろ》が素敵だなどとも言っていた。翌日はみんなでテニスに行ったり、近くの神仙沼へトレッキングに行ったりしていた。

ニセコの湖沼《こしょう》の中でもっとも美しいと言われる自然湖だそうで、夏には高山植物が豊かだが秋の紅葉も素晴らしいと聞いた。

更に翌日、娘達はゴムボートで渓流を下る迫力満点のラフティングに行ってきた。娘は「パパ、八人乗りの大きいゴムボートで川を下るの。すごい迫力で面白かったよ！」とか、元気な妻は、「雪どけの頃は、もっと水量が多いんですって。また来たいわ！」と昂奮《こうふん》していた。

最後の日、すぐ近くにある「ミルク工房」に寄った。羊蹄山《ようていざん》や主峰であるアンヌプリを背景に見事なひまわり畑が広がっている。鮮やかな黄色の大輪の並ぶ光景も北海道ならではの眺めである。ひまわり畑では子供たちを乗せるひき馬もやっていてのどかであった。そのあと、新千歳空港に向かう途中にはジャガ芋畑の白っぽい、或《ある》いはうす紅色の花が果てしなく広がっていて美しかった。

空港では新鮮なネタの鮨《すし》で早目の夕食を終え、この回の北海道の旅は終わった。

ところが、翌年の二月、元気な妻はオホーツク流氷ツアーに参加してきた。空港が雪で着陸できず上空で天候の様子見での旋回中、美しい流氷を見、後日砕氷船での航行中、流氷上にオットセイを見たという。

この話を聞きつけて娘は、今度の冬もまたみんなで北海道へ行くと言いだした。これも旅好きであった私の母の遺伝であろうか。

忘れられぬ旅

兄が飛行機マニアだったせいもあって、私は日本の飛行機の歴史にはいくらかくわしい。旅客機にしても、初期のフォッカー・スーパー・ユニヴァーサル、ダグラスDC-2の時代からである。

昔の羽田飛行場はまだひなびてのんびりとしていた。滑走路のわきの草むらにはキチキチと鳴いてとぶバッタが沢山いた。夕刻にダグラスDC-2が着陸したあと、格納庫の中までついて行ったこともある。子供が覗《のぞ》いても叱《しか》られぬ時代であった。

戦争のせいで、飛行機に乗って旅をするのはずっと遅れたが、それでもこれまでにいくらかの国をまわってきた。その頃は飛行機の出発が遅れるといらいらしたり、着いた土地でレストランが開かなくて困ったこともあったが、のちになって思い返してみると、スムーズに運んだ旅より困ったときの旅が意外に強く記憶に残るものである。

まだ一般の海外旅行が許されなかった頃、ハワイから南太平洋の島々をまわったことがある。そしてハワイから日本へ帰るとき、飛行機が給油のためウェーク島に着陸した。それは予定になかったことで、一カ月半の旅でかなり疲れていた私は、これでまた家に帰るのが遅れたとがっかりしたものだ。しかし機外に出ることを許され、私は石ころと草木の間を波打ち際《ぎわ》まで行って、荒涼とした島と対照的な南の海を眺めた。その頃、私は『楡《にれ》家の人びと』の第二部を終え、第三部の戦争の場面をどこにしようかと考えていた。わざとしたように、私にはこの島で戦った叔父がいた。この島を使おうと思った。聞きとりや資料だけでなく、わずかではあるがこの島を見たことから、かなり自信を持って書くことができた。

今まででいちばん予定の立たなかった旅は、カラコルム登山隊にドクターとして参加して、帰路のギルギットからラワルピンディまでの飛行である。この航路は高山の上を飛ぶので、少しでも雲が出ると欠航になる。第一、その日に飛行機が来るかどうか、まったく連絡がこない。晴れそうな日には朝から飛行場に行って待っている。午後も遅くなってから、係り員が「今日はノー・フライト」と告げにくる。毎日レストハウスのまずいカレー、それも米もなくチャパティという平たいパン、風呂《ふろ》もない生活である。しかし、のちになるとそのあれこれが実に懐《なつ》かしい。

ゲーテは、「人はさまざまの旅をして、結局、その人が持っていたものだけを持って帰る」と言った。この齢《とし》になって、いくらかその言葉の意味が分かったような気もする。

八十歳、箱根も年かさね

四十年前、私が『どくとるマンボウ青春記』を書きだしたとき、「私は、もうじき四十歳になる。四十歳、かつてその響きをいかほど軽蔑《けいべつ》したことであろう。四十歳、そんなものは大半は腹のでっぱった動脈硬化症で……よく臆面《おくめん》もなく生きていやがるな、と思ったものである。まさか、自分がそんな年齢になるとは考えてもみなかった……云々《うんぬん》」と書いたものである。

つまり、旧制高校時代はあまりに自己中心的に生きていて、世間的な智恵《ちえ》にまったく乏しかったからである。

しかし、やがて私も世俗的になって歳《とし》を重ねてきた。従って、もし重い病気にかからねば、必然的にやがては七十歳となり、八十歳になるだろうと思っていた。

その通り、二〇〇七年の五月一日で私はまさしく八十歳となった。

娘夫婦が、その私の誕生日を祝ってくれるために、箱根に一泊旅行を計画してくれた。私はずっと腰痛がひどく、宿でも車椅子《いす》を使わねばならぬ身だから、本当は自宅から一歩も出たくない。しかし娘には強引なところがあって、いったん定めれば決して変えぬ性格であるから、二人の好意を無にもしたくないので、妻と娘夫婦で行くことにしたのである。

箱根までは娘の夫の車である。車椅子は近頃は区役所に頼むとタダで貸してくれる。私は子供の頃、毎年の夏休みを箱根強羅《ごうら》の山荘で過ごした。子供にとってはまさしく天国のような日々であった。

強羅の温泉は黄褐色の硫黄泉《いおうせん》であった。一夏を過ごすと、初め白かった私たちの手拭《てぬぐ》いもすっかり黄色に染まるのであった。

朝な夕な、ヒグラシが群がって鳴いた。私の家のそばは、杉林がずっと続いていた。そして、最高の楽しみは、毎年八月十六日に行われる強羅の祭りであった。昼間はちょっとした舞台や草相撲がある。そして夜、花火が次々と打ち上げられ、ちょうど家のベランダから真正面に見える明星ケ岳の頂上付近に京都の大文字焼を真似《まね》た、「大」の火文字がともる。

強羅公園にもしきりに遊びに行った。噴水のある池には金魚がいたし、少し下には猿の檻《おり》があって、十四以上が飼われていた。池でとったアメンボや、虫カゴに入れてきた赤トンボをやると、猿たちは器用に捕まえてムシャムシャと食べる。いくら見ていても飽きなかった。

登山電車の終点の強羅から、早雲山の下までケーブル・カーが動いていた。大涌谷《おおわくだに》まではバスもあったが、山の中の道を長いこと歩いたものである。

箱根の家は兄が建て替えてからずっと行っていなかったが、十年ほど前に一度だけ一家で行ったことがある。強羅公園にも行ってみた。父の歌碑が建っていたからである。すると、池の噴水も止まり金魚もいず、また猿の檻も消えていて、さすがに寂しい思いがしたものだ。

このたびはケーブル・カーで早雲山駅に行った。昔のものよりずっと立派なもので、また大涌谷までゴンドラが通じていた。時代の流れというもので、それもやはりもの寂しい思いだ。

私は大学時代の夏休みの三年間、ほとんど父と二人で強羅で過ごした。母屋《おもや》は無断で人に借りられていて、私たちが暮らすのは戦争中父が勉強用に作った二間きりの小屋であった。

子供の頃、父はひどい雷親父《おやじ》で、こんな父を持って損をしたとずっと思っていた。しかし旧制高校に入る頃、私は初めて父の歌集を読んで感銘を受け、それから父は私にとってだしぬけに尊敬する一歌人となったのである。そして、強羅の祭りもまた見ることができた。そんな父もとうに亡《な》くなり、そして私もまた死に近い年齢となった。開けすぎてかえってもの寂しい箱根を一目であれ見ることができたのは、やはり強引な娘の誘いのおかげであり、感謝したいと思っている。

2章　最後のギャンブル紀行

老人の子供がえり

俗に人は齢《とし》をとると、子供にかえるという。これは一見よいことのように思われるが、むしろ悪いほうに傾くほうが多い。

子供は好きな食物を勝手に食べる。他人のことなんか考えずに、ひたすらに自己中心的に食べる。或《ある》いは好きなオモチャを抱きかかえる。ほかの子が使おうとしても、そのオモチャを死守する。

これが少し大きくなると、親のしつけ、あるいは教育などにより、また自ら抑えることを覚え、成長してゆき、或《あ》る人は立派となり、或る人は堕落をする。くだらぬテレビなど見ると、ますます堕落する。

老人もこれと似たようなものである。以前は妻にこれはコレステロールが多いからと止められ、自分でもつつしんでいた食物をむさぼり食べる。妻も子も眼中になく、好きなものを食べ、酒を飲み、煙草《たばこ》を吸っては道にポイ捨てをする。齢をとるとひどかった性格がちっとはよくなるという説もあるが、むしろ悪い性格がひたすらに発揮される。中には怒りっぽかった人がおだやかになるが、これは性格が良くなったからではなくて、単にエネルギーが尽きかけたからにすぎない。

もっとも「意地悪婆《ばあ》さん」という言葉はよくきくが、あまり「意地悪爺《じい》さん」という者はいない。いるとすれば私くらいのものである。

老人ホームでも意地悪婆さんがいくらかはいるらしい。これは女性のほうが意地悪なのではなく、単に女性のほうが寿命が長く、老人病院などで過ごす時間の長さにもよるだろう。そして他人の悪口を言うが、それも耳が遠くなっているから、周囲にひびきわたるほどの大声だそうだ。これは私見であるが、女のほうが意地悪な人が多いように感じられるのは、生存本能によるものだと思う。彼女らはおのずからの本能により、子孫を残し、しかもその子を育てねばならぬ。意地悪な面も持たなければ、なかなかさような労力、心力を費やせるものではない。一方、男のほうは、子供のこともちらとは思うかも知れないが、女性とはまったく異なっている。

ファーブルが観察した或る蜂《はち》にせよそうである。雄蜂が雌を争ってケンカしていても、雌蜂はそんなことは眼中にない。ケンカが終わると勝った雄と共にどこかへ飛んでいってしまう。雄蜂のほうはケンカして疲れきっており、更に雌とセックスしてエネルギーが尽きはて、たちまち死んでしまう。

かように述べてきても、やはり子供がえりして可愛《かわい》くなったお爺さんやお婆さんがいないことはない。とは言うものの、それはむしろ少ないのではあるまいか。

ビンスワンガーという学者によれば、躁病《そうびょう》は子供にかえることだという。いかなる躁鬱病《そううつびょう》の説の中でも、これがもっとも正しくて美しい。

さて、この私も老人となって子供がえりをした。俗にいう子供がえりと、たまたま躁病の気配となって、世人の二倍の子供がえりをした。

以前の躁病のとき感じたのは、夏の山小屋へ行っていて、朝まだきの樹々《きぎ》の葉、そこに射《さ》しこむわずかな光、その両者がなんとも美しく、神々《こうごう》しくさえ思われたことである。或いはさして美しくもない妻の顔があまりにけだかく目に映じたので、思わず知らず、

「キミ子、お前はきれいだねえ」

と口走ったら、そこにいた滅多なことでは物に動ぜぬ遠藤周作先生がおったまげ、椅子《いす》からころげ落ちそうになった。

「子供」はこのようにいろいろなものが美しく見えるらしい。

もちろん、子供にも「いい子」と「わるい子」がある。ドイツ語の形容詞で、キントリッヒが「(良い意味で)子供らしい」で、キンディシュが「(悪い意味で)子供じみた」である。

私の躁病のとき、初めはひたすらにキンディシュであった。株を出鱈目《でたらめ》に売り買いし、見事に全財産を失ったばかりか、出版社から多額な借金までした。それに懲《こ》りたわけではなく、単にエネルギーが尽きて鬱病となると「いい子」になる。いい子も何も死んだように寝てばかりいてひとことも口をきかない。

そういう私もさすがに齢をとって、何年も鬱と腰痛のため寝こんでいたのだが、娘から「いよいよ死期が迫ったようなお顔ですねえ」と言われたら、アマノジャクの私は元気になった。元気になったばかりでなく、娘と一緒に競馬を少しやったら、たちまち短篇を書きあげた。

すべてのギャンブルはやめていた私だったが、ギャンブルをやるくらいのエネルギーがないと作家は物が書けないとはひそかに思っていた。すべて娘のおかげ、ちょっぴりの競馬のおかげである。死ぬるばかりの腰痛を堪《こら》えながら、けなげな作業であった。

ところが、それまではキントリッヒであった私は、躁的どころか立派な躁病患者となり、今度は「戦う お爺ちゃん」というエンターテインメントを書きだした。これは完全にキンディシュの性格がもたらしたものである。頼みもしないのにそんなものを書きだしたと聞いたS社では、私をわずかに覚えている編集者は戦々恐々、廊下に「警戒警報発令。北杜夫氏、最後の躁病となる。近寄るなかれ、電話してきても応対するなかれ」などと貼《は》り出した由《よし》である。

やはり私はキントリッヒでありたい。まだ幼い頃、私の生まれた東京青山の家には、夏に二、三匹の平家ボタルが迷いこんできた。それを捕らえ、蚊帳《かや》の中に放して、そのはかないわずかばかりの光の明滅するあの美しさ。あんなはかなくてけだかい光景を見るには、やはりもっともっと赤ん坊に近くなるより仕方があるまい。赤ん坊になるということは新たな誕生と思う人もあるかもしれないが、私の場合はひたすらに死期に近づくという意味である。

いざ茂吉の故郷、というよりも上山《かみのやま》競馬場！

私は二十世紀が終わろうとする少し前（一九九六年）に山形へ行った。妻、娘夫妻、孫を連れて父の墓に詣《もう》でた。これで私は最後の務めを果し、一九九九年の末までには死滅するはずであった。ところが何ぞ図らん。またもや山形へ旅立つことになった。まさかここまで生きていようとは夢にも思っていなかった。

それも一つは娘のおかげ、もう一つは競馬のおかげである。娘はたまにわが家にやってきて、長い間の鬱病《うつびょう》と腰痛のため長椅子《いす》に寝そべっている私を見ては、

「パパは本当に暇で何にもしなくていいわねえ。こんなに暇な人なんて現代人には珍しいよ。ストレスがつもらないから長生きしたりして」

と繰返し言っていた。そのため私はますます死にそうになっていた。

ところが一九九九年の十一月の初め頃、だしぬけに戦術を変更し、

「パパ、すごくお加減がわるそう。顔色も青ざめているから、身体《からだ》が病いに蝕《むしば》まれて

いるんじゃない？ いよいよ死期が近づいたみたい！」

と言ってくれた。そしたらアマノジャクの私はとたんに元気になった。

そのことは長年の自己観察により、自身の変てこな性格を十二分にわきまえていたから、さして不思議とも思わなかった。けれどもその三日あと、三カ月ぶりに床屋へ杖《つえ》をついて出かけたところ、床屋さんのおばさんから、

「お元気そうですねえ」

と、ありきたりの挨拶《あいさつ》をされ、ガーンとショックを受け、帰りはほとんど歩けなくなってしまった。四、五歩よろよろと歩いては杖にすがって立止り、ゼエゼエと末期《まつご》のような息をつきながら、我ながら何ておかしな人間だと思わざるを得なかった。

娘は頭の弱い私に似て、頭はごく弱い。けれども私のただならぬ直感力は受け継いでいて、某洋酒会社のＰＲ誌の編集に加わっているが、あまりにも哀れな父親を案ずるあまり、せめてもの気力を出させるために、私のバクチ紀行を案出し、山形へ行く企画を樹立してしまった。出版社から頼まれたわけではなく、自分自身からの売りこみである。もっともこの私もここ十年来、めったに原稿を頼まれることはなく、すべて横暴勝手な売りこみである。

一方、株について述べれば、私はもうとうに「株のカの字」も嫌である。かっては

妻がそう申していた。ずっと前から私もそう言うようになった。株で擦ったからではなく、完全に資金が尽きはてたからである。

それからは競馬をやっていた。土、日曜日に十万円くらいを賭《か》け、次の週にはその金を失い、編集者に頼んで原稿料を銀行振込ではなくキャッシュで持ってきて貰《もら》い、半年くらいでまたもや資金が尽きはててしまった。

しかし、私は若い頃からかなり馬に乗ってきたし、サラブレッドというものは人間よりずっと優雅な生物であるから、土曜日曜の競馬中継はずっと眺めてきた。それが三年ほども続いたろうか、或《あ》る日曜日、娘が私の寝室にやってきてベッドに寝ころがっていた。そこへ妻がやってきて、私が雑誌やらおびただしい紙片やらをほったらかしてあるのを見て、やはり長椅子に寝そべっている私をガミガミと叱《しか》り始めた。

「ほら、またこんなに紙をまきちらして。今に辷《すべ》って転んで怪我《けが》をしますよ。あなたが転ぶのならいいのよ。このあたしが転ぶのが困るのよ」

もう十何年前の夏の末、私が避暑地の山小屋から帰ってきたときのことである。例年なら郵便物を山小屋へ転送して貰うので、東京に帰ってもせいぜい二、三日分の郵便物が届いているぐらいであった。ところがその夏は、帰宅が遅れて一週間分もの雑誌や新聞、手紙のたぐいがかなりの量たまっていた。おまけに私は躁病《そうびょう》で、一夜のうちにそれを片づけようとし、妻にも命じてその無謀な作業を続けていた。そのうち妻が眠くなって寝室へ行ってしまってからも、私はひたすらにその孤独な作業を続けていた。しかし、さすが兇悪《きょうあく》であった私も、暁方近くエネルギーが尽きはてて、寝室へ行く気力もなく、四畳半の畳の上に服を着たままぶっ倒れてしまった。

朝になって起きてきた妻は、四畳半の隣りの食堂の雨戸をあけようとして、そこに散乱しているおびただしい紙きれのたぐいに辷って転び、顔面、それも鼻の真上を床に直撃し、凄《すさま》じい悲鳴をあげた。

そのたいそうな絶叫を聞いて、娘が起きてきて、服のままひっくり返っている父親のぶざまな姿を見るや否《いな》や、これは異常な事態が起ってパパが急死し、それを発見したママが悲鳴をあげたのだと直感した。

ところが父親をゆり起してみると、まだ生きていて、おまけに「ママが先に寝ちゃったので、おれは蚊に喰われて大変だ！」と怒ったという。そして母親は顔じゅうを血だらけにして倒れていた。寝ぼけている父親がまったく当てにならぬので、娘は電話をして救急車を呼んだ。ようやく私が目を覚ましてただならぬ気配に、とにかく玄関に行ってみると、救急車が止まっていて運転手さんがただ一人坐《すわ》っている。他の隊員は娘と共に妻を運びだそうとしていたらしいが、その頃の私は大変に親切でもあっ

たので、何より救急車なんかに来てもらった申訳なさから、運転手さんに、

「何かお飲みになりませんか？　コカコーラとペプシコーラのどちらがよろしいですか？」

などと尋ねていた。そのまま入院してしまった妻は、そのことで私をさんざんになじった。そんな十何年か前のことを妻は執念ぶかく憶《おぼ》えているのである。

ベッドに寝そべっていて、そんな母親の老人性反復症も加わった執拗《しつよう》な小言をまったく無表情に聞き流していた娘は、母親が去ってしまうと、その顔をちょっとしかめ、

「ママって、怒ってばかりいるね」

と小声で言った。娘はその前に母親に叱られたらしい。それからニコニコして、

「パパとママは血がつながっていないから仲が悪いのね。ユカとパパは血がつながっているから、ほんとに仲がいいと思わない？」

そのうちにテレビの競馬中継に目をやるや、

「あ、あと五分で私の運命が決まる！」

「ああ、あの興奮の渦の中にいたかった！」

などと騒ぎはじめた。

娘は会社でワイド・ショーを見る暇がないので、スポーツ新聞を見る。すると、そ

こには競馬欄がある。それでちょっぴり競馬をやるようになったのだと言う。

とうに競馬をする資金もなくエネルギーも失っていた私は、それに釣られて馬連二点を千円ずつ賭け、八百何十円ほど儲《もう》けた。そのあとは、六千円、次に八千円、その次に一万円と擦った。しばらくの間競馬に賭けることもなかった私にしろ、心の中でひそかに、「ギャンブルをやるエネルギーくらいないと作家はものを書けない」とは思っていた。

それが娘の「死期が迫った」という励ましと、「せっかくパパが生きているのなら、〝飲む打つ買う〟の人生を謳歌《おうか》すればいいのに。もう女の人にもてないし、強いお酒も飲めないなら、人生最後のギャンブル人生というのも悪くないんじゃない？」という言葉に従って、競馬をやったおかげで、私はたった半日にして二十三枚の短篇をでっちあげてしまった。我ながら恐るべき男と言わねばならぬ。

さて、今回の山形行にはどういう理由でか妻がついてこなかった。その訳柄はわからぬが、ヨロヨロの私には誰かが同行する必要があった。とにかく私と二人でタクシーに乗った娘は、またもやニコニコとして、

「ギャンブルが嫌いなママが来なくってよかったね。パパと二人で旅行するのなんて、初めてじゃない？」

と言った。本当にそうなのである。

あまつさえ娘は、新潮社の「猛獣使い」と渾名《あだな》される女性と三人で旅することを勝手に決めていた。十年前、その女性はまだ新人で初めて上役に連れられて会った作家が私だったのだそうだ。まったく忘れていたことだったが、私はそのときやはり躁病で、何だか知らんが騒いでいて、無闇《むやみ》と忙しがっており、「あなた方はあと三分でお帰り下さい！」と言ったという。三分が過ぎるとさすがに悪いと思ったらしく、「じゃあ、あと二分」と言ったという。彼女はそれだけで衝撃を受け、そういう暴虐《ぼうぎゃく》な作家にも慣れてゆき、今では一流作家ばかりを担当、変人だったりワガママであったりする作家をうまくなだめて作品を書かせるため、社内で「猛獣使い」と呼ばれるようになったらしい。

その「猛獣使いさま」は、私のところに電話してきたが、いやに明るく快活な大声であった。その声を聞いただけで私はホッと安堵《あんど》した。低い優しい声で話す女性のほうが、実は意地悪な性格であることのほうが多いと、長年の体験から知っていたからである。

私は、「ぼくは小羊のように従順でおとなしいですから大丈夫です」と言っておいた。

タクシーはひどい腰痛のため白く丸いクッションを当てた私と、まったく元気な娘を乗せて東京駅に着いた。しかし、はりきりすぎて、予定よりもまだ四十分も前に着いてしまった。

そこで娘は、駅近くの喫茶店に入り、二人で何かを飲もうと提案した。メニューを見やると、もう十年も鬱と腰痛のため喫茶店にも行けなかった私の目に、まったく知らぬ「ハーブティー」なる文字が映った。更に「ハイビスカス」「カモミール」なる種類がある。そこで生れて初めて「ハーブティー」を飲んでみようと意欲した。早速両者を注文することにした。

するとそれは白い陶器のポットに入れられて届けられた。「ハイビスカス」は赤い色、「カモミール」は私の知らぬ花の名だそうで薄黄色いだけ。交互にそれを飲んでみると、赤いのはわずかに甘く、薄黄色いほうは何の味もしない。私は交互にそれをすすったが、まだポットの三分の一も飲まぬうちに、娘はもう時間だと立上った。おまけにその名だけよい茶は双方とも六百何十円もするという。私はなんだか詐欺《さぎ》に遭ったような気がした。

よろめきながら、ようやっとホームに辿《たど》り着くと、その「つばさ137号」という列車はすでに目の前に止っていて、しかし内部の掃除が済んでいないようであった。

私はまったく覚えていない「猛獣使いさま」の姿をさがしたが、そもそも覚えていないのだから見つかるはずがない。

娘は「パパは倒れると危いからここでじっとしていて」と言い、向うの人波の中に消えてしまった。私はもう不安になって、もたれている柱をふと見やると、そこに「非常用ベル」と記されていた。私はそれを押したくて押したくてたまらぬ衝動を起したが、それはガラスのふたの中に収まっていた。ガラスを破ると、オウムの松本なるグルのように血の一滴もないような偉い人物とは違う生身の私は、どう考えても指先から血の十滴も溢《あふ》れそうなので、辛うじて思いとどまった。

なおも猛獣使いの姿はない。娘は別の車両のほうに私を連れてゆき、またもや私一人を残してどこかへ消えてしまった。今度、私がもたれていた柱をふと見やると、そこには「非常電話」という文字が記されていた。私の不安はますます高まっていたけれど、非常電話をかける気にはなれなかった。何だか先ほどまで確かに存在していた気力の大半が失われてしまったようであった。

もう発車一分前、私たちは車両に乗りこんだ。それでも猛獣使いの姿はない。それこそ不安で不安で発狂しそうであったが、なにせ彼女は一流作家ばかり担当してふてぶてしくなったのだろうと考えた。

ほんとにベルが鳴り、発車寸前、その姿がついに現われた。顔立ちこそ覚えていないものの、電話の明るい大声から私はもう彼女だなと直感した。丸ぽちゃで少うしばかりお肥《ふと》りあそばされて実に可愛《かわい》らしい女性であった。

私はうやうやしく、

「私はあなた様の奴隷《どれい》になることを光栄に存じます。これはドストエフスキイが賭博《とばく》場《じょう》で男爵《だんしゃく》夫人にした挨拶です。でも、あなたは男爵夫人じゃないから、ぼくはあなたの奴隷にはなりません」

と、挨拶した。それでないと、いかなるわざで私を調教するのか恐れおののいていたからである。ところが彼女がモデルになったという、群ようこさんの小説『キラキラ星』に出てくるとおり、かなりのギャンブラーであってドストエフスキイのことはとうに知っており、ニコリともせずどっしりと腰をおろすと、しばらく私としゃべっていたが、たちまち自分の席へ行って寝こんでしまった。娘に訊《き》くと校了あけとのことである。だがなまじっか校正なんかするから雑誌がつまらなくなる。娘は「猛獣使いの眠り」は「爆睡《ばくすい》」だと言った。イビキが凄《すご》いということではなく、ただひたすらに眠るさまをそう表現したのである。

娘は東京駅に着いたとき、汽車のことを電車と言った。私はなぜか不愉快になった。

電車なんて安っぽく、汽車のほうがずっと元気そうだ。

私は席でドストエフスキイの『賭博者』という小説を読んでいた。私は高校、大学時代にドストエフスキイのほとんどを読んでいた。しかし、あまりに素晴らしくてこわいほどの作品ばかりで、作家になってからは一度も読み返したことはない。あんなものを読んだら、とても自分は小説なんぞ書こうとしなくなると思ったからだ。ただ『貧しき人びと』だけは、とてもいい叙情とおおらかなユーモアがあるので安心して二、三度読んだ。あの老人と息子の恋人の女の子が、何やら全集を買うところで、金貨と紙幣とを出すところが分らなかったが、これも新訳となった文庫の解説を読んで「なるほど」と納得した。つまり同じルーブルでもコインと札では丸っきり価値が違うのである。

また『賭博者』もふと読んだら、かなり杜撰《ずさん》なところもあるのでホッと安堵した。あれはドストエフスキイが賭博で擦って、出版社の借金に逐《お》われて書いたものらしく、偉大なる作品の中においてもっともくだらない。しかし、このたび読み返してみると、『悪霊《あくりょう》』などのどすぐろいユーモアではなくて、やはりおおらかな、或《ある》いはヤケッパチなユーモアがある。文庫の裏の解説に、「ロシア人に特有な病的性格を浮彫りにする」とあったが、「病的」というのが面白い。ロシア人は広大な大地と寒さとゴーゴリの長篇に出てくるような食いしん坊と飲ん兵衛《のべえ》と恐ろしい社会のために、かなり異常ではある。たとえばロシア人と日本人が宴会をやらかすと、双方はウオッカで乾杯をする。いつまでもいつまでも乾杯をつづける。ウオッカに強いロシア人はいつまでも笑ったりのしったりしているが、強い酒に弱い日本人はそのうちバタンキューと気絶をしてしまう。

そんなことより、車内の英語アナウンスを聞いていたら、また不愉快になった。「ウツノミヤ」とか「コオリヤマ」とかと、外人ふうに妙な発音をする。そのほうが外人には分りやすいことは承知しているものの、日本男子である私としては、どうしても不愉快である。

米沢近くになった頃か、娘が窓外を見て、「あ、雪よ、パパ、ロマンチックねえ」と言った。そのあと、「ああ、雪があんなにガンガン降ってる」とも言った。しかし、そんな音を立てるほどの豪雪ではなく、ただちらほらと舞っているだけである。娘は私に似て、万事におおげさなのだ。

米沢に着いた頃、車内の電光掲示板に、「春から秋には田園地帯。日本有数の穀物地帯」などと出たので、何というつまらぬ文句だとあきれかえってしまった。あれではまるで私が書いたかのような文章である。

娘が「猛獣使い」を起こしに行った。すると目覚めた彼女は窓外の雪をちらと見て、「あ、本当だ。ワーイ、ワーイ！」と車内にとどろくばかりの大声を発した。何だか幼稚園児よりも幼稚な女性であるらしい。

なによりも私が驚愕《きょうがく》したのは、猛獣使いさまは百万円を持ってきたという。この私は妻から五万円だけと言って金を与えられていただけなのに！　しかも彼女は年末にラスベガスに行くという。私は不安で不安で、お願いだから三十万だけにして、あとはラスベガスに残すようにと懇願した。だが彼女は初めから百万を賭けるのではなく、金を持っていないと余裕がなくて無理に稼ごうとしてかえって擦るのだと、私たちをおごそかに説得あそばされた。まことにその通りであるが、いかんせんそんな余裕ある金を妻が私に与えてくれるはずもない。

夕刻、上山《かみのやま》温泉駅着。古窯《こよう》という宿から車で出迎えがあった。雪はなおちらほらと降りつづいていたので、車に積んであった暖かいおしぼりが有難かった。何も私が大切にされているわけではない。私の母はケチな反面、たいへんに贅沢《ぜいたく》で我儘《わがまま》で食いしん坊であり、おそらく上山でいちばん立派な宿、そしてたいへんおいしい食物を好んで、山形にくるたびにそこを利用していたからである。更に悪魔のように元気である兄も、事あるごとにここに泊った。そこで迷惑な私たちが訪ねると聞くと、致し方なくおしぼりまで用意したのである。

宿に着くと、私と娘はかつて妻と泊ったことのある洋間、編集者のほうは何ともひろびろとした日本間、そっと覗《のぞ》いてみると男の十五、六人も連れこみできるほど立派な大広間であった。兇悪《きょうあく》な反面、実に気の弱い私は、そんな大広間の支払いは大丈夫かな？ と案じた。

夕食は別室で三人で食べた。山のような御馳走《ごちそう》づくしである。私のためには特に胡麻《ご ま》豆腐、柔かな刺身、私はほとんど食べられなかったが、猛獣使いさまと娘は大声と甲高い声とでしゃべくりながらもどんどん食べる。あんなに話していてどうして食物が口にはいるのかと不思議に思ったほどだ。あまつさえペコちゃん人形に似た女性編集者は、食前酒の梅酒をたちまちにして飲み干したと思ったら、お代りを要求した。燗《かん》をつけた日本酒も飲んだ。私は日本酒は盃《さかずき》一杯だけ、梅酒は彼女に倣《なら》って二杯ほど。本当はビール以外の酒を飲むとお腹《なか》をこわすのだが、あまりにも愉《たの》しい会話、あまりにも騒然とした雰囲気にうっとりとなってしまった。ただ二人があまりにもしゃべくり、あまりにも飲み食いするのに圧倒されて、私はごく少ししか食べることができなかった。ただ娘が柔かくてパパにも食べられると言ってくれたもち米を食べさせて育てるという米沢牛の一片は食べた。

私の祖母、私たち子供がオババさまと呼んでいた女性は、これまたケチな反面贅沢でもあった。歯がわるいので固いものは食べられない。叔父西洋の妻淑子《よしこ》が語るところによると、食べられぬものは米国《よねくに》という息子に食べさせ、余った醤油《しょうゆ》さえも舐《な》めさせ、自分だけは白身の魚の煮たものを食べた。ところがその娘である私の母輝子が、何やら茂吉の激怒によって追いだされ、まったく不仲であるはずの弟西洋の家に威風堂々と居候《いそうろう》になると、これまた我儘勝手に白身の刺身を食べたという。そういう齋藤家だから、淑子叔母の目から見ると親子兄弟すべてが仲がわるくて変人のようである。わずかに正常者に近いのは兄茂太くらいなものであった。

そんな母と兄にエネルギーの大半を奪われて弱々しく育った私はようやっと自室に戻ると、——いや、その前に食事のとき猛獣使いさまはもちろん百万円をしっかりとバッグに入れて持ってこられた。ところが食事が終って帰ろうとして、たちまち部屋の鍵《かぎ》を置き忘れてしまった。娘に言われて慌《あわ》てて鍵を握りしめるその姿を見て、私は実に実に不安になった。

ともあれやっと自室に辿りついた私と娘は、そこに置いてあった果物を食べた。さっきあまり食べなかった私はそのほとんどをむさぼり食べた。と書くといかにも元気そうに食べたかと思われようが、吐息をつきながらようやくのことで口に押しこみ、すすり、そして吸収したのである。

猛獣使いさまもやってきた。その前で私は、これが最後の山形行だと思っていたから宿に残すため用意するよう頼んでおいた色紙を二枚書いた。一枚は、「きれいなバラにはトゲがあり　きたないバラにもトゲがある」というおよそくだらぬもので、もう一枚は、数年前の五月、齋藤茂吉文学賞の授与式のとき兄の代理で参加した私が、父の墓の前で三十秒ほどで作った短歌である。

　雨にけぶる墓のへにしてあはれあはれ　父のおもかげを幻《まぼろし》に見つ

それを書いていて、私が「このへというのは、まあかたわらという意だよ」と娘に言うと、「へえ、あたしはへってオナラのことだと思った」と言ったので、あとの二人は笑いころげ失神しそうになった。

その前に私は、「父をしのぶ心などなくて上山の　駅に降り立ち小便をしたり」という歌を作ったが、これは二秒で作ったためあまりにもくだらない。しかし、娘の「屁《へ》」という一語を聞いて、たちまちにして、

妻は来ずこれ幸ひと唯我独尊《ゆいがどくそん》　やたらめたらと屁《へ》をひりまくる

という一首をこしらえたとき、私はおのが才能に思わず知らずうっとりとしてしまったものだ。これだけは少し添削した。「屁をひりまくる」は初め「ひりつづく」であったし、唯我独尊は漢字の字面《じづら》と語感からあとで入れたものである。この「天上天下唯我独尊」という釈迦《しやか》の言葉は、「私の好きな言葉」を頼まれたとき茂吉が選んだもので、単に一人で威張っているどころか、恐ろしい苦悩のあげくに到達した実に奥深い人間認識ののち生れた言葉なのである。

私は躁病《そうびょう》になると、どういう訳かオナラをする。どういう訳かと、博学のなだ君に電話してみると、「それはマニーになると気力が出て腹圧が高まるからだろう」と言った。それに加えて、老人となると、すべて老人性失禁症となり、小便や便をたれ流し、更にオナラまでするという。これは私が考えても正しい説と思われるのだが、なだ君はときにメフィストフェレス（ゲーテ『ファウスト』の作中の人物）のごとき詭弁《きべん》を弄《ろう》することもあるから、これが本当であるかどうかはおそらく誰にも分かるまい。

私は昔、茂吉の弟の四郎兵衛《しろべえ》から、ころり観音の話を聞いた。その観音さまを信仰しておれば長患《ながわずら》いすることなくコロリと死ねるという。そのときは私はまだ若かったから何となくおかしかったものだが、いざ自分が老人になってみるとこの観音さまこそ救いだと確信するようになった。私は娘に忠告されて自殺こそ思いとどまったものの、とにかく痛くなく、なるたけ早く死にたい。先に阿川弘之《あがわひろゆき》さんと対談したときは、その一年以内で死ねるはずであった。それがこのままでは二十一世紀も生きてしまいそうだ。そこで仲居さんにころり観音の在処《ありか》を尋ねて貰《もら》い、ようやくのことでそれを突きとめた。女性編集者は自室に戻ろうとして、またもや鍵を忘れかけた。私はもう不安で不安で必ずやあの百万円は盗まれるであろうと悩みつづけたが、やがて娘が彼女の部屋へ遊びにゆくという。ようやくのことでホッとした。娘のいぬ隙《すき》に風呂《ふろ》にも入り、眠剤とビールを飲んで意外に安らかに眠りこんでしまった。

翌朝は七時半、けなげにも起床。ルーム・サービスで頼んだかなりの量のサンドイッチ、ヨーグルト、サラダなどをほとんど食べ尽してしまった。けれども、娘がヨーグルトのほかに小さな皿にわずか白いものが入っているのを指さし、「これもヨーグルトだから身体《からだ》にいいわよ」と言うので飲みこんだところ、酸《す》っぱくてひどい味である。娘もそれを食べて、「まずーい」なんて言っている。それはサラダにかける白いフレンチドレッシングだったのである。

一夜明けてみると、昨夜の「屁」の短歌はそれほどまでにうっとりしたものとは思われなくなったので、窓外の雪景色を見ながらこんな歌も作ってみた。

淡雪《あはゆき》のみだれる向《むか》ひにおぼろにも　蔵王の峰のうすぐらきまでの影

諸樹々《もろきぎ》は雪をかむりてわが父の　幼くして通《かよ》ひし一筋《ひとすぢ》の道

これはまったくの空想の歌である。茂吉は「写生、写生」と言いつづけているくせ、かなりの空想、妄想の歌をでっちあげた。そしてその中にはかなりの佳作がある。なまじっかの写生の歌より良いものもある。ところが私の空想歌は、みんな茂吉の模倣で、おまけに下手糞《へたくそ》な物真似《ものまね》であるから、かくのごとくにくだらない。

曇りたる空の片隅にあはれあはれ　ひとすぢの光斜《なな》めにぞ射《さ》す

いかなるオウムだって、こんな哀れな物真似はできぬにちがいない。もっともいずれも数秒にしてでっちあげた作である。しかし、そこがまた私のちょっぴり良いところでもある。まあこういう三つの歌はさまざまに並べ比べて、いいところばかりを取って一首の歌にするべきものだ。だが、誰がそんな面倒なことをするものか！

地の霊《りやう》のつたふる峰かはかなくも あが心に何者かがよみがへりくる

仲居さんは、娘の「雪がガンガン降る」に対して、「雨は音を立てて降りますが、雪は黙って降ります」と言った。「黙って」とは、いかにも東北の僻村《へきそん》に育った父を表徴するような表現である。

忠君愛国の徒であった茂吉は、敗戦後は悲嘆の日々を送り、或《あ》る日には故郷の桜桃の樹《こ》かげで長いこと黙って坐《すわ》っていた。また或る日には、川辺の岩の上に沈黙して坐《ざ》していた。このようにけだかくもの寂しい男の息子であるこの私は、一体なんという不肖な存在であることか。

十時にタクシーで出発。運転手さんは二年半前のと同じ人。古窯が特別に配慮してくれたのであろう。「ころり観音」は山形と上山のほぼ中間、長谷堂《はせどう》という地にある。宿から二十分ほどで着いた。ささやかな雪景色の中に、布に「ころり観音」と書かれ、更にその前には由来を記した木板が立てられていて、末尾に御詠歌「ありがたやまいるこゝろは長谷堂の　みちびきたまえ、みだの浄土へ」と記されていた。ころりさまらしき優しいお歌である。

　少し先に古びた本堂があったが、扉が閉ざされていた。前に天井から右方には二、三の布、左方には大きな鈴がつけられている布がたれていた。私はそれを交互に引き、鈴だか鐘だかも少し鳴らしたが、あまり念力をこめて引くと、ここに来た三人がそれこそコロリッと死んでしまいそうだったのでいい加減に引き、いい加減に鈴を鳴らした。どのようなことを念じたのかは忘れてしまったが、多分あと一、二年のうちに痛くなくコロリと死ねるよう願ったのだと思う。あとにつづく女性二人はもっと元気であったゆえ、力をこめて布を引き、かなりジャラジャラという音をひびかせて大鈴を鳴らした。

　それから金瓶《かなかめ》村にある宝泉寺という寺の境内にある父の墓に詣《もう》でた。娘はパパなんて来てもおじいちゃまは喜びゃしないよとか言ったものだが、やはり私とて人の子、かなり真面目《まじめ》な表情で墓を見つめた。茂吉の墓は東京の青山墓地と、分骨して郷里のことと二つである。更に結城哀草果《ゆうきあいそうか》さんが骨のいくつかをひそかに隠して持ち帰り、御自分が体をこわされたとき大石田で父の世話をしてくれた板垣家子夫《いたがきかねお》さんに骨を託した。板垣さんはそれで大石田に茂吉の墓をこしらえた。従って公式でないものを含め、茂吉の墓は三つあるということになる。

茂吉は慎重な男ゆえ、四十をいくらも過ぎぬ頃、「茂吉之墓」なる文字も自分で書き、「赤光院仁誉遊阿暁寂清居士」という戒名まで作っていた。苦心の作らしく、良き文字の連なりである。またつつましい性格でもあったゆえ、師左千夫《さちお》の墓よりは小さくしろとこまかく指定した。青山墓地の墓より、こちらのほうが大きく見えるのは下の台座のせいである。墓石自体はまったく同じ大きさなのだ。父は墓までもこしらえてしまい、実妹なおの嫁いだ齋藤十右衛門《じゅうえもん》の蔵にそれを入れて貰った。死後に青山墓地に夫の墓を作ったのは妻輝子であり、せっかちにも兄に命じてその横にずっと大きな「齋藤家之墓」をこしらえ、「あたしはもうすぐ死にますからどこどこへ旅行してきます」の得意な台詞《せりふ》を吐きちらしながらなかなか死ぬ気配も見せず、しかしやはり人の子、八十九歳の天寿をまっとうしてその墓に入る第一号者となった。

茂吉のほとんど遺作といってよい枕元《まくらもと》の紙片に書きつけられていたという歌。

いつしかも日がしづみゆきうつせみの　われもおのづからきはまるらしも

私も一刻も早く極まりたい。しかし、予定していた『幽霊』四部作のあと二つはどうしても無理だし、童話ならと思って書きだした「赤いオバケと白いオバケ」という童話も、どうしても四百枚、いくら縮めても二百枚以上とはなる。ついには「人間の心、魂」を探求する最後の希《のぞ》みも、二百枚ばかり書いたところで中絶してしまった。しかし、あと二つくらいのごく短かい短篇は書きたい。それから「戦う お爺《じい》ちゃん」「恐ろしいお母さん」というエンターテインメントを書き、そしてまたこのバクチ紀行はやはり書かねばならぬ。短篇二つを除いて、あとはすべて私と妻を生存させるための金稼ぎ、あと二度ほど娘が案出したギャンブル資金を獲得するためである。我ながら、何というみじめさとけなげさ。

次には宝泉寺のすぐ横手の守谷家の隣り、かつて茂吉が疎開《そかい》し世話を受けた齋藤十右衛門さんの家を尋ねた。すると、悲しいことが起った。十右衛門さんの奥さまが神経痛か骨を痛められて炬燵《こたつ》で寝こんでおられたのだ。この家では代々その名を継ぐので二代目の十右衛門さんだけが相変らず実に純朴で善良で素朴げなお顔を現わした。彼は茂吉が疎開中は出征しており、またもう一人の弟もそうであったが、敗戦後二人が生還してくるらしくて、蔵の中で暮していた父は居場所を失い、大石田へと再疎開して行ったのである。

「宗吉さん、よく来た、よく来てくれた」

というその声、その表情、すべてが東北の雪国そのものから生れてくるかのようで、うしろでそのさまを見ていた二人の女性は、たちまちすすり泣きをしだした。あまつさえ娘はピイピイと泣いていた。

私もあやうく涙があふれそうになった。そして、帰りに車に乗りこんで手をふったら、涙は確かに少し浮んでいるようであった。そこで積んであったおしぼりを目に当てた。

ところが、車が走りだすや否《いな》や、私は娘に、

「午後の発走は何時だ？」

と尋ねた。

まだ涙ぐんでいた娘も女性編集者も笑い、運転手さんまで笑いだしてしまった。しかし、元々がギャンブル目的の旅であったし、異常な私の性格のもたらしたものだからこれまた致し方のないことだ。

一応、齋藤茂吉記念館へ寄った。これも最後だと思ったから『茂吉あれこれ』の原稿を少し、それから旧制高校時代、どういう訳か箱根強羅の父の二間きりの勉強小屋へ行ったらしく、また人に貸してあった母屋《おもや》の風呂にもはいったらしく、そこで詠《よ》んだ歌を二つ色紙に書いた。

山かぜのつたふる音をさびしみて　硫黄《いおう》の湯あみ一夜《ひとよ》をねむる
あかときのこの静けさや飯炊《いひた》くと　あつめし杉の落葉のしめり

確か残っていた石油缶でこしらえた焜炉《こんろ》で米を炊いたはずだ。いくらもう旧制高校生だったとはいえ、なかなかの作ではあるまいか。もう一首、こんな歌も作っている。

とどまらぬもののはかなさ湯あみどに　いで湯はひとり湧《わ》きぬいで湯は

後半の繰返しは茂吉の「死にたまふ母」などの模倣である。いくら模倣とはいえ、この歌は現在の私の心境にまさしくぴたりと触れあっている。

猛獣使いさまは、齋藤茂吉記念館が初めてだったので、ごくざっと見、その中に馬のデッサンがあったので、

「ほら、こんなふうに茂吉は絵がうまかったのです。沢山の凧《たこ》絵も描いたが、あれは真似すれば他人にもできる。だが、こういうデッサンは茂吉独特のものです。或《ある》いは、大石田で苦心して描いた絵よりもいいものかもしれません」

と説明した。

そして、一室で茂吉の生涯を描いたビデオを見た。過去にもう三度くらい見たのだが、選ばれた歌といいナレーションといい、なかなか良いものである。

戦い済んでへたりこむ。このセリフは、すでに娘が山形へ向かう車中で口走ったものである。私は頭こそ弱いけれど、その直感力にはすばらしきものもある。娘はその直感力を受け継ぎ、往々にして私よりすぐれた珍妙な案を即座にしてひねくりだす。やがて分かることになるが、このコピーがぴたりと実現することになる。

上山競馬場へと走る車の中で、私はちらと私の最初の競馬、最初のギャンブルを追想してみた。あれは私が仙台の医学部を卒業したあとであったか、インターンも済み、医師国家試験に合格したあとであったかは分からない。仙台の郊外での、まったくの草競馬であった。

大半が農耕馬である。しかも、三レースほどはトロット競馬であった。かってロンドンへ行ったとき、そこからかなりの距離のある場所で、「インターナショナル・ホースショー」なるものを見に行った。さすが乗馬の歴史が長いから、障碍《しょうがい》で名選手が出場すると、さながら王や長嶋《ながしま》が打席に立ったような歓声があがる。少女の障碍で、馬が横木を落したり或いは前で拒否したりすると、「オー」というようなため息のようないたわりの声があがる。繋駕《けいが》レースで、馬が前肢《まえあし》を高くあげて見事なトロットを見せると、賞賛の嵐《あらし》が起る。その頃は私は乗馬をかなりやっていたから、観衆の感動が実によく理解できた。

ところが仙台の草競馬のトロット・レースは、前肢をあげるどころか、単なるトロットで、つまり貧弱な農耕馬だから体力もなくキャンター（駈歩《かけあし》）すらもできぬらしい。そのうち、パドックとはとても言えぬただ板にかこまれた狭い土の上を、何頭かの馬が引きまわされだした。ほとんどがずんぐりむっくりした農耕馬、その中にただ一頭サラブレッドらしきすらりとした馬がいた。私がその馬の単を買おうと思っていると、そこから少し離れた台の上に立っていた中年の男が、

「その馬券、買うのは待った！」

と叫んだ。私にではない、彼のまわりをぐるりと取り巻いた二十名ほどの人たちに対してである。馬券屋なるものの存在をそのとき私は初めて知った。

馬券屋は小さな白い紙片を何名かの人々に与えながら、

「ほうら見ろ、ビッコを引いている。あれじゃあダメだ」

と言うから、私もその馬を注意して見てみると、なるほど少しビッコを引いている。

そこで私も馬券屋から十円の紙片を買ってみると、なんとそのサラブレッドの名が書いてあるではないか。そこでその馬を買ったところ、ちゃんと一着になってしまった。多少ビッコ気味ではあれ、やはりサラブレッドは農耕馬なんかに負けなかったのである。

それからも馬券屋から半分は紙片を買い、或いは当り、或いは外れたものだが、最終レースが済んだとき、私は千円を儲《もう》けていた。それは送別会のコンパ代とまさしくぴたりと符合していたのである。

次のギャンブルは『どくとるマンボウ航海記』のとき訪れたセイロンで——セイロンは今は別の名になっているらしいが、そんな名前を覚えるはずもないし、第一覚えようともしない——ともあれセイロンに寄港した一夜、「スポーティング・クラブ」と称するバクチ場へ行った。板造りの粗末な小屋で、ルーレットみたいなものと言ってもただの厚い紙、そして玉をまわすのではなくてトランプ、みんなは小さな手帳に何かを書きつけている。つまり、どんなカードが出たかジョーカーはどのくらいの時間出なかったかなどと統計をとっているのだ。私は金はないし少しこわかったから、ひたすら赤黒一本やりに賭《か》け、赤がもう四回も出ないのでみんなが黒に賭けるのに私一人は赤で勝ち、ディーラーをして「ラッキー・カード」と叫ばせたこと二回、何かにつけ私を嘲《あざ》けるサード・オフィサー（三等航海士）も、「ドクター、ちょっとした度胸だね」と褒めた。のちになってマカオのバクチ場ですってんてんになってから知ったことだが、この赤黒の勝つ比率は半分、いくら赤がつづいても、次に赤が出るか黒が出るかはやはり半分。これにはあっけにとられてしまったものだが、とにかく十五ルピーを儲けていた。仙台の草競馬の千円といい、セイロンの十五ルピーといい、まことにささやかな稼ぎである。それでもこれで私はギャンブルというものはとにかく勝つことだと信じこんでしまったものだ。

それから負けることを覚えた。なにも覚えたのではなく、とにかく多額な株をやたらとウリカイしていると、必ずどういう訳か擦るのである。擦るどころか破産するのである。破産するどころか、出版社から多額の借金を背おうのである。もっとも多額な前借りを与えてくれたのが、何を隠そうこの新潮社なのである。

株をやる資金も尽き、前借りもできなくなってからも、なおも私は株をやった。ひそかに自分の生原稿、むろんつまらぬ雑文ばかりであったが古本屋に売りとばし、それで安い株を買った。ところが私が買う銘柄はどういう訳か下がってしまう宿命にある。メンド臭くなってかなりの損を覚悟でみんな売りとばしてしまった。

その金で今度は競馬をやりだした。自分で渋谷近くの場外馬券場へ行くうちはまだよかったが、電話予約のできる秘密人物を知るや否や、たちまち賭ける額が多くなっていった。私の賭ける馬はどういう訳か負ける宿命にある。それでひそかなヘソ繰までもが尽きてしまった。

このたびの競馬に際して、妻は「五万円だけはいいわ」と言ってその金を渡してくれた。これは実は新潮社からロハで巻きあげた金なのである。この出版社はいろいろな企画をたて、たとえば外国のどの作家を呼ぶべきかなどとさまざまな会議をやる。律義《りちぎ》なところもある私はそうした会合にきちんと出席していた。ところが大部分の人物が甲の意見、私一人が乙の意見、いくら議論しても多勢に無勢、勝てるものではない。それでも新潮社は慎重な出版社であるから、たとえ私が鬱《うつ》のときで出席を断わっても、わざわざ車まで派遣してくるのであった。すると私はひとことも口をきかずうつむいているだけである。これでは役にも立たぬし、躁病《そうびょう》のときはただならぬ形相でケンカをおっ始めるので、北さんはもう決して出席しないようにと言われた。しかし律義なる私は、今度は電話で会合に加わることにした。これが四年ほど続いたであろうか、或《あ》る人物が電話に出、それはこうこうだと長々と述べるから、私はただひとこと静かな声で「オタンチン」と言った。すると相手は、「あんた、アホとちがうか！」と大声で怒鳴り、そのまま電話を切ってしまった。以来、社は私に電話することも固く禁じた。そして、社の人がやってきて、書類に判こを押させ、五万円をくれて引上げて行った。ああ、判を押すだけで五万円の稼ぎとは！

「楡《にれ》脳病院」の院代勝俣秀吉《かつまたひできち》は、俥《くるま》代から賄《まかな》いの献立表に至るまで、無闇《むやみ》と「院代」なる判を押してひたすら喜びにふるえていた。私もああいう身分になりたい。しかしいくら喜び勇んで判こを押しまくった院代にせよ、ロハで判を押したにすぎなかったのだ。この世というものは、なんだかかようにみじめで愚かしいものである。

さて、上山競馬場では雪がつもっていた。のみならず雪まで降っていた。しかし、猛獣使い、いやこの言葉はもうやめる。べつに彼女がそういうサディストであるからではない。むしろ極めて好人物であるようであった。ただ「猛獣使い」とむずかしい文字を書くのが面倒になったからだ。これからは彼女を「ペコちゃん」と言うことにしよう。

群ようこさんの『キラキラ星』によると、無実の罪で牢屋《ろうや》に入れられ、ギャンブルで五、六億円も失い、なおかつ半ばヤクザめいた麻雀《マージャン》をし、そのことを私にはとんと分らぬ専門用語を使って小説に書いて生活しているという物凄《ものすご》い人物らしき旦那《だんな》さまが、あなたをどう呼ぶかと尋ねると「ペコ」だと答えた。これは別に旦那が怖くてペコペコしているのではなく、「ペコちゃん人形」に似ているからなのだと教えてくれた。私はわずかに記憶に浮ぶくらいであったが、後日、娘が不二家のペコちゃんチョコレートを買ってきてくれた。見るとまことにそっくりである。だが彼女も間抜けではないか。自分の顔の写真を商標登録しておけば、とうに人形となりチョコレートとなり飴玉《あめ》となって、今ごろは左団扇《うちわ》で暮せているはずではなかろうか。

競馬場は寒かった。それゆえ、ペコちゃんは貴賓室を用意してくれていた。誰からか私がさようなところは嫌いだと聞き、娘にも相談したあとで広く暖かい部屋を用意してくれた。これは有難かった。本当に雪の乱れる寒い日だったからである。

山形は寒いらしいので、私は黒いすばらしいコートを着て行った。本当はそういう立派なコートは苦手というか嫌いなのだ。だが妻が「冬だから誰か亡《な》くなるかもしれない。あなたのオーバーもレインコートもオンボロだから、何か買わなくちゃいけないわ」と言って、私を無理矢理にデパートに連れてゆき、私は聞いたこともない外国の銘柄の高いコートを買ってしまった。果して不吉なコートで、親友が亡くなられてしまった。

その通夜《つや》ミサのときだったか、実に久方ぶりに曾野綾子《そのあやこ》さんに出会った。曾野綾子さんは見事な賭博師《とばくし》である。彼女はマダガスカル島の賭博場で、ルーレットをやった。

その賭博場はかって阿川弘之さんと私とが訪れた場所でもある。私は鬱でほとんどやらず、ギャンブル好きの阿川さんさえ、「開店早々と聞いたが、こういうときは御祝《しゅう》儀《ぎ》としてちょっと賭けないといけないのかな」と言ってちょっとやっておしまい。ところが曾野さんはルーレットの数字に賭けて当て、貰《もら》ったチップス全部をまたその数字に賭けて当て、スタコラと勝ち逃げをし、その金を元として世界で働く気の毒な日本人シスターを援助する会を作った。また車椅子《いす》にも乗った身体障害者までを飛行機に乗せて聖地へと旅し、そういう人たちを慰めている。あんな立派で優しい人は滅多にいるものではない。

その通夜ミサの夜のことを、曾野さんはこう書いている。「北さんは杖《つえ》をついていた。しかし遠藤周作さんも若い頃から杖をついていらした。ただ私がその時覚えているのは、北さんの着ていた黒いコートの手ざわりがいかにもすばらしかったことである」云々《うんぬん》というような内容の文章であった。一応は身体障害者である私のコートの手ざわりのよさばかり讃《ほ》めるなんて、いくら優しく親切な曾野さんにしろ、やはりそのときばかりはあんまり非情なことではあるまいか。とはいえ、三浦・曾野一家の親切な点についてはいずれはっきりと書こうと思う。

競馬場の入口近くで、ペコちゃんは一つの競馬新聞を買った。それを見て私もまた五百円もする別な競馬新聞を買った。ところが、貴賓室へ入ってみると、そんなものは束になってそこに置かれていた。初めから擦ってしまったわけだ。

第五レースから賭け始めた。ペコちゃんは穴狙《ねら》いで合計二万一千円、私はひたすら固く合計八千円、娘はでたらめに賭けたらしいがそんなものはもはや眼中にない。私たちが前の席に移動して見ていると、一団の馬たちがなだれこんでくるので、ペコちゃんと娘は喚声をあげたが、あと一周があるのであった。ペコちゃんと私が擦り、娘は二万六千六百円を儲けた。上々の辷《すべ》り出しのようであった。

第六レース。ペコちゃんはほとんど無印の6番シュンダービーを軸に総流しをするという。私がパドックに出たその馬をテレビで見ていると、いかにも弱々しげにおぼつかなく歩いている。私はペコちゃんに「あれはやめたほうがいい」と言ったが、本馬場に出てきたところを見ると、案外元気になっている。だからペコちゃんに、「まあいいでしょう」と言っておいた。ペコちゃんは6を軸に三千円ずつ総流しをしたのだが、なんと5（ライヴジャパン）と6が来てしまった。

こりゃあかなりつくぞと私も思い、ペコちゃんも「八千円以上かな」と言っていた。ようやく結果がわかると一万一千三十円の万馬券。そのときのペコちゃんと娘の喜びよう。二人は抱きあって狂喜乱舞、ペコちゃんは天地も裂けよと大声をあげ、娘はつんざくような甲高い声。隣りに馬主たちのいるもう一つの貴賓室があったが、間の防音硝子《ガラス》を突きぬけて異様な叫びがひびくので、馬主たちもみんな立上り、賞賛するように或《ある》いは無念そうにうなだれるだけ。ペコちゃんはざっと三十数万円をせしめた。娘がすぐにペコちゃんの旦那に電話して、万馬券をとったと知らせろと言うと、万馬券はいいけれど、なぜ三千円ぽっちじゃなくせめて一万円は賭けないのかとかえって叱《しか》られるという。ペコちゃんも中くらいのギャンブラーと睨《にら》んだが、その旦那はこわいほど大物のバクチ打ちであるらしい。

第六レースは私は本命らしき7と8を軸に千円ずつ十一点買い、すべて外れ。6―7は買ったが一つ違いの5―6は買わなかった。ギャンブルとはそういうものなのである。

第七レース。私は今度は慎重に三番人気らしき8番アーバンメロディを軸に二千円ずつ五点を買い、8―9（アニモスパート）が当ったが、双方とも有力なので五百二十円しかつかず、総計たった四百円の儲け。嬉《うれ》しいよりもただ啞然《あぜん》とした。

第八レース。ペコちゃんが6はあたしのラッキーナンバーだからと言うので、今度は私のラッキーナンバー5にした。私の誕生日は五月一日、神聖なるメーデーの日、私は生れついての労働者なのだ。しかし5はあまりといえば無印。そこで千円ずつ七点を買い、これは強いらしい9番セントトパーズを軸に二千円ずつ七点を買った。私は不器用だから数字を表に書きこむこともできぬのでペコちゃんや娘にやらせる。娘は「窓口くらい行ってみたほうがいいよ、そのほうが競馬場の雰囲気がわかるし、労を少なくして、儲けるなんてパパ、甘いよ」と言ったが、腰痛でとてもそんな所へ行ける状態ではない。

するとテレビで本馬場に出てきた二頭の馬が見えた。6番アイシャルキングと7番ベストライナーである。両馬とも適当にハッていて元気そうに見えた。そこで私はチカリと閃《ひら》めいて、自分で窓口に買いに行こうとした。ところがあんまり閃めきすぎて、大切な杖《つえ》を忘れかけ、注意されて慌《あわ》ててそれを握ったものの、二人が眺めていると、或るときは、その杖をついて歩き、或るときは杖を空中にふりまわしていたそうである。そして口で言える窓口で6―7を二千円買った。するとさすがわが直感、見事にそれが当り、千三百五十円ついたが、あんまり流しすぎたので、結果としてはたった四千円の儲け。しばしの間呆然《ぼうぜん》としていた。ちなみにペコちゃんは外れ、娘は枠で五千円ずつ三点を買い、当ったもののわずか二百四十円しかつかず、総計三千円の損。似たような親子である。まったくオシドリのように仲の良い父と娘であるのではあるまいか。

とにかく第九レースまで賭け、ペコちゃんは二十万円プラス。私は予定どおり四万八千円マイナス。娘が二万円の損。こんな見事なコンビ、いやトリオは滅多にいるものではない。

何よりも縁《えにし》を感じたのは、貴賓室で世話をしてくれた女性が、何と、かって「べにばな会」（山形に縁ある人々を名所に案内してくれる山形県の好意による企画）であちこちをめぐらせてくれたバスのガイド嬢なのであった。あのときは愉《たの》しいと共に悲しい想《おも》いもした。連中の中でただ一人本物の天才であった岡本太郎さんが、もう齢《とし》老いてヨボヨボになられて、奥さまに支えられて心許《こころもと》なく歩いてゆく姿。或る時は私も片側をささえた。かって太郎さんはお元気で、パーティで会うと、「君は三十七歳だって？　ぼくはやっと三十二歳になったよ」といつまで経《た》っても三十二歳くらいであった。ところがその際には、「太郎ちゃん、幾つになった？」とからかっても、聞えているのか聞えぬのか黙ったままであった。あんなもの悲しい想いをしたこともごく稀《まれ》なことであった。

ともあれ競馬場とその女性のために色紙三枚を書き、なじみの運転手さんのために色紙二枚を書いた。書きながら、我ながら何という下手糞《へたくそ》な字なのだろうとあきれかえった。しかし、これが私の天性なのであるから致し方がない。

上山温泉駅に直行すると、そこに古窯《こよう》のなじみの仲居さんと男性とが、三人分のお弁当を持って佇《たたず》んでいた。これもすべて食いしん坊な母、エネルギーのある兄のおかげである。どこの誰が私なんぞに弁当なんかくれるものか。

まだ発車まで何分もある。仲居さんたちはすでにプラットホームを去り、改札口辺りにまだ佇んでいる。私は老衰と腰痛と競馬に費したエネルギーのため、もはや息も絶え絶えに杖にすがって立っていた。ただ徒《いたず》らに呆然と立ちつくしていた。

列車がきた。すると私たちの乗る車両は遥《はる》か彼方《かなた》にある。そこまで息も絶え絶えに歩きながら、「ユカ、なんで車両くらい確かめないのだ？」とどなった。

もう発車なのでとにかく戸口にすがり、よじ登り、それから激しく振動する車内を一体幾両を必死にころばぬよう歩いたろうか、ついにわが席に倒れこんだとき、私は完全にへたりこんだ。

まだまだ終りではない。東京駅に着く直前、私は一缶のビールを飲んでいた。まだ三分の一も飲んでいなかった。しかし駅に着いたので、足元のあやうい私はそれをペコちゃんに渡した。それからヨタヨタと歩きながら無事にホームへ降りられたので、彼女に缶を返してくれと言った。するとペコちゃんは車内のゴミ箱にそれを捨ててしまったという。何という極悪非道、私が旧制松高時代はビールなんて飲めはしなかった。大学に入って、それも二、三年してようやくビールを飲めるようになった。中でも感謝しているのは大田というバー。私たち松高出身の仲間が三人ほど行ってもビール一つ注文はせぬ。ただ徒らに店のかなりの美女であるホステスさんとチークダンスをしている。すると優しいホステスは、他の帰った客の席へ行き、飲み残したビールを持ってきてくれる。中には栓すらもあけていないビールまであった。あのときのひたすらな満足感と天にも昇るほどの至福なる快感。

そんな時代を知らぬペコちゃんは、まだ三分の二も残っている缶ビールをポイと捨ててしまったのだ。何という無念さ、その情けなさ。このたびの話でほとんどのエネルギーを失っていた私も、このときばかりはあまりの口惜《くや》しさに完全にエネルギーが尽きはて、ほんとうにホームにへたりこみそうになった。あまつさえこのペコちゃんは、ころり観音の場面、茂吉の墓、十右衛門さんとの涙の対面、競馬場の入口など要所要所の写真は撮ったものの、肝心要《かんじんかなめ》の競馬場、なかんずく貴賓室で私が競馬新聞を見つつ数字を書く様子、杖をふりまわして馬券売場へ向かうさまなど、すべて自分自身が競馬に夢中になっていて撮り損なってしまったのだ。

しかし、弱虫な反面、私は凜々《りり》しくも雄々しい日本男子でもある。即座にはへたりこみもせず、なおも毅然として荒い吐息を吐きながら、病人用の杖をつき、ヨボヨボと一歩一歩、さぐるようにさ迷うように、プラットホームを雪の進軍をつづけてゆくこの私の何というけなげなこと。こんなけなげな日本人男性はそんじょそこらにやたらめったらいるものじゃあない。

韓国・ウォーカーヒルでルーレット！

十年間鬱病《うつびょう》で寝てばかりいた私の気力を出させるべく、娘は再び旅行を案出し、一九九九年の最後は、韓国でカジノをしたいと言いだした。私も少し元気になっており、まだ行ったことのない韓国なら近いからいいと思い、妻も「ユカがあんまりしつこいから、これなら行ったほうがまだマシだわ」と言った。それで私、妻、娘夫妻、孫という、はかない北一家は韓国でソウルを訪れ、飲み食いし、ギャンブルをし、足ツボのマッサージをすることになった。足ツボは単に押すだけで、その人の病気がぴたりと分かるという。

それから娘は韓国のホテルのプールで、孫が泳ぐのを見てくれと言った。これは私も大賛成した。さらに娘は私をプールで歩かせるという案を出した。しかし、これは嫌だ。私の背中は入浴するとき鏡で見ると、今はノートルダムの鐘つき男のように曲がっている。それを他人に見られるのはやはり嫌だ。自分が恥ずかしいというより、人々に脅威の念を起こさせそうだからである。

しかし、娘はしつこい。何かにつけしつこいし、力も強い。娘はまだ女学生の頃バスケットボール部にいたのでバカ力がある。その昔、家でマッサージをしてあげるといって、私の腕をグイグイと実に強く引っ張ったため、私の片腕はすんでのところでもげそうになった。更に時をへて私が夏に山小屋で腰痛を起こし、娘がそこをマッサージしたところ、さながら手力男命《たぢからおのみこと》のごとき腕力で、私はたちまちギックリ腰となり、車椅子《いす》で病院へと運ばれた。

だから、今回の韓国でも私がいかに嫌がっても、しつこくて力の強い娘は私に泳ぐことを強要するかもしれぬ。足腰の弱った人が水中を歩くのは確かに効くらしいが、反面かなり苦しいとも聞く。それを思うと私はこわくてならぬ。いかなるオバケよりもこわくてたまらない。

十二月二十三日。ついにみんなが韓国へ出発する日がやってきた。

JALの飛行機に乗ってから、ささやかな事件が起った。なぜなら私はこれまで経験したこともないあまりにソフトなテイク・オフに感心し、男のパーサーを呼んで、

「これまで少しは飛行機に乗ってきたけれど、こんな静かでなめらかな離陸は初めて

です。あとでパイロットを褒めてあげてください」と頼んだところ、その機長はＪＡＬでもとびぬけに優秀だという。

昔の日本人スチュワーデスはほんとに美女が多かった。時代が経《た》つにつれて次第にそうでなくなったことにほんの少し不愉快を覚えていたのだが、このたびはなかなか可憐《かれん》な若い女性が多かった。私は少しは彼女らと会話をしたいと思い、ちょっと話しかけると、妻は「みんな飲物をくばるので忙しいのよ。あなたはみんなの邪魔になっているのよ」ととがめる。そこで私はひたすらに沈黙して機内誌を見ていたが、やがて暇になったらしい男のパーサーに、「阿川弘之《あがわひろゆき》さんという人を知っていますか」と問うと、「もちろんです。有名な方ですから」「そのとおりです。彼はつい先日文化勲章を受けました。私があれは政府が年金を惜しんで死にそうな人を狙《ねら》って与えるから注意するようにと電話したら喜んでくれましたが、そのうえ年金はつかないと聞いて、私もこれで阿川さんはもっと生きられるとホッとしたものです。もちろん阿川文学は立派だが、それよりも偉大なことは彼の物凄《ものすご》い食いしん坊なことです。だから彼に機内誌に日本人向けの機内食、外国人向けの機内食について書いてもらったら、きっとＪＡＬのよきサジェスチョンになるでしょう」と言ったら、パーサーはいかにも満足げにうなずいた。ついで「阿川さんの友人で何かマンボウとかいう人がいるそうですが……」と言ったとき、パーサーは何か用があって向うへいってしまった。だがこれで正体が分かってしまったようであった。このごろ、私の顔は誰も知らず、まして北杜夫なる名前なんてほとんどの日本人が知らないことを実感していた。これは誇張した表現ではない。旅立つ前歯医者さんに行った帰り、少くとも私の家の近くではいちばん大きい本屋さんに寄ってみた。躁病《そうびょう》になると不思議に勉強をしたくなるのは、やはりエネルギーが高まっているせいであろう。以前から私のハードカバーはまったくなく、その代り文庫のところには「北杜夫」という札があって、かなりの文庫だけは並んでいた。ところが次第にその数が減ってきたときは、さすがに寂しくなり心配になってきたものだ。ところがこのたびは、北杜夫なる札もなく文庫すら一冊もないというのを発見し、ザンネンという思いよりなんだか愉快になってしまったものだ。地球上に現われた作家は、誰でもいつかは滅びる。私などは死んだときに絶版になっていた文庫が三、四冊ほど三千部くらいは発行されるだろう。それでお終《しま》いである。それは五十年くらい経って、奇妙な人たちだけがこんな変テコな人間は滅多にいないと思って少しは伝記くらいは書くかもしれないが、私という生命自体もその作品もはかなく消え去ってしまうであろう。平家ボタルのかぼそい光が明滅してやがては闇《やみ》となるというように美しくもなく、或《ある》いは線香花火がかすかにバチバチと光を発して、やがては小さな火がぽとりと落ちて消えさってゆくようなはかなさでもなく、私の場合は何だかウジ虫のごとく野たれ死するような気がしている。そんな醜悪な死は望みたくないけれど、なんとなくぼんやりとそのように思える。リルケは「運命がないことが私の運命なのです」なんて洒落《しゃれ》たことを言ったが、やはり彼には良き運命があって、苦しい人生を送ったが、美しい詩や良き小説を作った。

その後、妻が安らかに寝てしまったので、私はどうやら私の正体に気がついた若きスチュワーデスさんと、かなりの時間話した。私は彼女に昔のフォッカー・スーパー・ユニヴァーサル時代のＪＡＬのこと、羽田の滑走路が六百メートルしかなかったことなど話し、最後に「阿川さんの次にぼくにも『日航の歴史』とかいうものを、ぜひとも機内誌に書かせてください。阿川さんは今はもちろん生活に窮している訳ではないが、やたらとおいしい有名店で食べすぎるもんでそのうち生活に窮してくるはずです。ぼくはもう赤貧洗うがごとしです」と頼んだ。躁となってからはいくらか書きなぐっているが、私の躁は若い頃でも半年とはつづかない。老いてエネルギーが少なくなっているから、おそらく三カ月足らずでちょこっと正常となり、あとは躁の三、四倍の鬱の中に沈黙してしまうことだろう。そのことを広報部に伝えてくれるようにとくれぐれも懇願した。我ながら落ちぶれたものである。そういえばこの「最後のギャンブル紀行」シリーズの担当編集者・猛獣使いであるペコちゃんに、「ぼくはせいぜい小羊というところです。そのように見えるでしょう？」と尋ねたら、「いえ、眠れる猛獣のように感じました」と答えたものだ。私の心底にひそんでいる優しさなんか少しも洞察せずに。

妻は眠っていたときはよかったのだが、いったん目覚めると果して一種の猛獣となり、「あなた、なんだかずいぶん騒いでいたようね。みんな忙しいのよ。あなたはずいぶん迷惑をかけているのよ」と、たちまち私を非難しだした。そんな妻の小言にはもう私は慣れきって不感症となっている。（付記・ＪＡＬの機内誌からは何の注文もなかった。もう怒ったから今後はＪＡＬには乗ってやらぬ。いいや、ハイジャックしてやる。そのとき泣いたりわめいたりしてももう遅いのだ！　ふだんはおとなしいが、躁になると私は父の遺伝でかくのごとく怒りっぽくなる。）

空港にはガイドの女性が出迎えにきてくれた。この女性は娘からの電話で私の足腰の弱さや腰痛のことを知っていたのであろう、空港が広いので、何と車椅子を用意してくれていた。そんなものはまだ使わずにヨタヨタとは歩けるのだが、何事も経験だと車椅子に乗って娘に押して貰《もら》った。車椅子に乗せられバカ力の娘に押されるとなんとも早く、顔には疾風《はやて》のごとき空気が吹きつけ、なんだか敵艦に突っこんでゆくゼロファイターのパイロットのような気分であったが、ちっともこわくはなくひたすらに愉快で楽しくて私は思わず笑い声を立てていた。なぜなら、車椅子がいくら疾風のごとく早くても、たかがトイレへ行くだけでは、もちろん死ぬるはずもないからである。

今回の旅ではなんとかしてカジノでいくらかは儲《もう》け、先に上山《かみのやま》競馬場でペコちゃんが万馬券をとったときご祝儀《しゅうぎ》として私と娘に下さった二万円を死物狂いで返さねばならぬ。

空港からホテルへ大きなワゴン車で行くあいだ、ガイド嬢は韓国人だけあって色々な知識を与えてくれた。その名は金美京、なんだか嫌に美しい名前である。私たちの泊るのは「シェラトン・グランデ・ウォーカーヒル」なのだが、ウォーカーヒルという名はかつての朝鮮戦争のときの優れた将軍の名前にちなんだという。

この国にくる観光客の数は日本人が六割以上、あとは台湾人がいちばん多くて、アメリカ人はその次、それからちょびっとのフランス人などだと教えられた。

驚いたのは、日本よりひどい車のラッシュで、そのうえ石油は日本よりかなり高いという。私はきっと輸入税のせいだろうと思ったのだが、実はガソリン代が高いと自動車を買う人が少なくなるからとの理由だそうだ。それは、排気ガスで起る公害問題を少しでも減らそうというなかなか立派な政策と思えた。しかし自転車やせいぜいオートバイくらいを多くしたいと考えたのだが、人間はやっぱり車のほうがゆったりできてしかも早く目的地につくから、ほとんど車は減りはしない。政策などというものはたいていそのようなものだ。

三時頃ホテルにチェックイン。部屋に行く前に、ラウンジで私はカンパリソーダと韓国ならではのハチミツ付の人参《にんじん》茶を味わった。そこでこれからの四日間をいかに過ごすかを話し合った。ここのホテルは一泊だけの滞在なので、カジノに行けるのは今日の夜と明日の昼までしかチャンスがないというので、いささか幻滅をした。私はもうずっと前から旅をするのに日程表など見ない習慣である。ひどいときにはマレーシアに行くことは知っていたが、それが果してどこいらにある国なのかを、飛行機に乗ってから機内誌の地図を見てやっと知ったこともある。おまけに私はかって北ボルネオに行っていて、そこもマレーシアであると知り自分の蒙昧《もうまい》さに唖然《あぜん》としたものだ。

部屋に行くと、窓からは阿且山《アチャサン》の山々の冬景色が見渡せた。妻は少し風邪気味とかで夕食まで昼寝をするという。私は娘の部屋に行き、なによりもカジノに直行しようと意見が一致した。

カジノの入口はホテルの地下にあって、大きな象の置き物があり、ものものしい雰囲気であった。しかし娘の目には、そこに群がる人々があまりにもカジュアルな服装でセーターにジーパンという格好なので、映画で見た華やかなカジノの光景とはあまりに異なっていて驚いたらしい。「カジノというより将棋クラブか場末の囲碁クラブといった感じ」と言っていた。私は念のため背広姿、娘も黒のワンピースを着ていたのである。

まず娘はつつましく一万円を両替、私もつつましく三万円を両替。手初めに子供のようにスロットマシンから始めた。すると驚くべきことに娘が少し当り、次には私がかなりジャラジャラと儲けた。そのたびに私と娘はゲラゲラキャアと笑いころげた。なかんずく機械をスタートさせると、なんともかんとも嬉《うれ》しいような悲しいような音楽が流れつづける。しかしなお続けていると、紙のコップにかなりたまったコインが次第に減りだしたので、その三分の二を失ったところでやめた。

私はもっとも得意とするクラップスをやりたかったが、このカジノにはどうやら見当らない。かってラスベガスでクラップスで大奮戦をしたことがある。あれは客がサイコロを投げるからディーラーにインチキができなかろうと考えたからだ。私はあのときの栄光とそして悲惨さとを、今でもはっきりと覚えている。悔しいほどそのすべてが未《いま》だに頭脳じゅうを駆けめぐる。

そもそもあの時は、どういう訳か国務省招待であった。送られてきた文書を読むと、「両国の文化交流のため、お互いの教養を高めるため」なんて書かれている。私は文化とか教養とかにほとんど縁がない人間である。しかし、飛行機代は確か自腹であったと思うが、滞在費用はアメリカが出してくれる。子供のごとくお菓子でも玩具《おもちゃ》でも略奪することの好きな私は、もちろんその費用を略奪することにした。文化も教養もクソクラエである。

まずワシントンDCへ行き、旅行日程、その理由などを優しい女性と相談した。アメリカ国は日本を負かしたもっともけしくりからぬ侵略国家ではあるけれど、その一般大衆はごく優しくて親切な人が多い。その理由の大半は彼らが金持でゆとりがあるからだ。その善意の象徴であるかのような中年のなかなか綺麗《きれい》な女性は、私がなにはともあれラスベガスへ行きたいと言うと、「賭博《とばく》なんて不健全です。それよりグランドキャニオンのほうがずっと素敵です」と言った。私は「グランドキャニオンなんてただ写真を見ただけで大体分かる。偉大なるドストエフスキイに『賭博者』という小説がある。私はべつにギャンブルをやるわけではなく、ただギャンブルをやっている人々を観察したいのです。これでもいやしくも日本では三文作家なのでありますぞ」と言ったら、彼女は文豪ドストエフスキイの名に敬意を覚えたらしくそれを許してくれた。

国務省招待なんてものものしい名であるから通訳もついている。その通訳と飛行機に乗ってから日程表を渡されてびっくりした。なんとラスベガスはたったの一日、そしてグランドキャニオンのほうは二日二晩。私は通訳と相談し無理矢理グランドキャニオンをキャンセルして貰い、三日三晩ラスベガスに滞在することにしたのである。あの女性の善意なんてたちまちにして私の巧智《こうち》には負けてしまうのだ。ところがあとで、やはり善意のほうが巧智より正しいことが判明したのだが……。

ともあれ私はクラップスで勝ちつづけた。初めは一ドルのチップスを使っていたが、とうに二十五ドルチップスとなっていた。通訳は、「ぼくはかなりの人とここに来ましたが、こんな賭《か》け方をする人は初めてだ。あなたを見ているとなんだかこわくなる」とか言って、恐れおののき自室へと去って行ってしまった。

そしてどうだろう、私はなおも勝ちつづけた。私はサイコロを投げるときには、兇《きょう》悪《あく》に「マンボウ！」と叫んだ。ついには「こいつは強いぞ」という声も聞こえてき、私に相乗りする連中まで現われてきた。そのときの得意さ、おのれが神のように、或いは悪魔のようになったかのようなあの恍惚《こうこつ》。私は二十五ドルチップスがあまり手元にたまるとディーラーに警戒されると思って、ひそかにその一部を上着のポケットにひそませた。そうしたことが度重なると、両替場へ行ってそれをキャッシュに替えて貰った。どうだ、百ドル紙幣が十何枚もだぞ！　しかも三百六十円の時代だぞ。あまりに熱中していると、それを盗まれる恐れもあるから、部屋へ戻ってトランクの中に隠した。

しかし、賭博というものは長く続けていると終いには必ず擦るものである。その真理を私は三十年くらいかかってようやく覚えた。それにギャンブルにはかなりのエネルギーが要る。途中でしばらく休んでお茶を一杯やったりするべきなのだ。

ところが私はほとんど飲まず食わず不眠不休、三日三晩奮戦しているうちに、次第に負けだした。いったんツキが落ちるとあとは一瀉千里《いっしゃせんり》、もっともっと負けに負け、ついには懐中にお守りとして持っていたピカピカ光る一セント貨幣ただひとつとなった。確かまだ百ドル札一枚があるはずだと、部屋へ戻ってトランクの中をひっかきまわしてみてもついに見つからない。あのときの空虚さと絶望感。あれほどの悲しさを、そのとき躁病であって意気盛んなはずのこの私が抱いたことはかってないことであった。なにせ外国旅行の持ち出し五百ドルと制限されていた時代であったから。

ニューヨークに医者の友人がいた。後輩のくせに自分のことを「俺さま」と言い、私のことを「お前さん」と呼ぶ。やたらと威張っていて、しかもすぐ絶望したりする男である。なにかにつけ、「どうだ、俺さまは偉いだろ」と言い、或いは中華街へ食事に行ったとき、「俺さまはタダで駐車できる場所をちゃんと知っている。俺さまはこれまで駐車料金を払ったことはほとんどない。なにしろ俺さまはニューヨークっ子なんだからな」と威風堂々と威張りくさっていたくせに、そのロハで駐車できる秘密の場所に他の車が止っているのが分かるや否《いな》や、「ああ、もう俺さまは絶望した。生きているのが嫌になった」と頭をかかえる。何となくこの私に似ているような人物である。しかし、あの当時の異国でただ一人生活してゆくためには、このように威張ったり、或いは悲嘆にくれたりしなければとても生きてゆけるものではないのである。

ともあれ私はラスベガスで一文なしになったので、そのニューヨークの友人に電話し、とにかく五百ドルを電報為替で送ってくれと頼んだ。俺さまは金持だと威張っていた友人はずいぶんと渋ったが、ようやくのことで納得してくれた。ホテルを出発する間際《まぎわ》まで、私はその係りの前でいつ着くかそれとも間に合わないのではないかと、期待と不安に包まれながらいらいらと突っ立っていた。金は果して届かなかった。着かなくて本当によかったのだ。万一金が届いていたなら、私はその全額をルーレットの赤か黒に賭けようと決めていたからである。そしてもしそれが外れていようものなら、私は日本に帰国できたかどうかも分からない。

私は通訳から、国務省招待者、殊《こと》に発展途上国の人々には、旅費を三分の一ずつに分けて与えると聞いていた。つまりそういう人は旅をしていると、自国にはまだないカラーテレビなどの新製品を次々と見つける。どうしてもそれを買いこみ、船便で自国へ送ってしまう。ついには買物代も旅行代も尽きてしまい、帰りの飛行機賃もなく自国へ帰れなくなったケースが再三あったからだという。その話を聞いたときにはなんだかおかしくなったが、まさか自分がそのような境遇に置かれるとは思っていなかった。

さて、韓国のカジノに話を戻す。私はルーレットを少しばかりやってみたあと、次に、昔二度ばかり訪れたマカオでもっとも盛んであった「大小」をやることにした。自分の誕生日の五月一日にちなんで、ラッキーナンバーの、1、5、7に賭け続け、すべてを失い、また三万円を二回両替に行った。次には1、5、7、12と賭け続けた。その時の女ディーラーは、実に感じが悪かった。私の席が遠いので、四つの数字を言って、そこにチップスを置いてくれと頼むと、何と拒否をした。そんな簡単なこともしてくれぬディーラーなど私はかつて見たこともない。彼女が英語もよくできぬため、フロアにいたサービスマンを呼んで通訳をしてもらうと、ようやく三つの数字までを許すという。しかし、二度ほどチップスを置いてもらったあと、娘が「彼女、怒ってるみたい」と言って、その後は、わざわざ席を立って私のチップスをそれぞれの数字に置きに行った。

その女ディーラーが薄情だったのは、他の客たちが実に多くのチップスを置くのに比し、私はといえば、それぞれの数字に一枚ずつのチップスを賭けたに過ぎないからであろう。しかし、いやしくもこちらは客である。私がもし若かったなら、あんな女ディーラーはぶんなぐっていただろう。だが、本当は妻の頰っぺたをピシャリとやったこともないのである。逆に突き転ばされたり、タオルで何度もぶたれたことはあるが。私が威張ったり兇悪だったりするのは、残念ながら口先だけなのである。

ただ同席の客の一人は、カナダ人で、私が「どこから来たのか？」とか「今日はラッキーだったか、アンラッキーだったか？」などと声をかけると、賭けた数字がでないとこちらを見て大げさに顔をしかめ、また私が彼の数字に相乗りすると、ニコリと笑ったりしてくれた。このような友好的な外国人客とは、その後二度と会うことはなかった。

再びルーレットに戻り、娘は何と一気に六十枚のチップスを儲けた。しかし私はすべてを失った。そろそろ夕食なので部屋に戻り、またラウンジに行った。そこで私はカンパリウォーターと、カナッペ、山のようなフルーツをとって満腹したような気持ちになった。

ところが娘は、七時に焼肉屋を予約しているという。私は焼肉と聞いて、自分の歯にはとても無理なので、内心うんざりしていたが、ここで奇蹟《きせき》的な好運に出会うことができた。すなわち炭焼きカルビという料理は、肉やらニンニクを七輪で焼くのである。その他に娘はカルビスープと冷麺《れいめん》を注文した。骨付きカルビが焼けた頃になると、店の人がやってきて、ハサミで切ってくれる。

私はまず焼けた肉を少しだけ齧《かじ》ってみたが、やはり固くてどうにもならなかった。カルビスープは透明で思いがけずおいしかった。私以外の者たちは、濛々《もうもう》たる煙の中でひたぶるに焼き肉を食べていた。次に私は焼きあがったニンニクを食べてみた。初めはさして辛くはなかった。ところが少し時間が経《た》つうち、口の中が火のような刺激をうけだした。

私は思わず、

「あっ、辛い！　すさまじく辛い！　ものすごく辛いぞー!!」

と叫んだ。すると私に対してほとんど笑ったことのない孫が、ケラケラ、ゲラゲラと大声で笑いだしたではないか。もともとこの孫は、私以外の者に対してもあまり笑わない性格である。それなのに、最も慣れていない私に対しての、この大笑いは私にほとんど宗教的な恍惚感を与えてくれた。

次に食べたのはキムチであった。私は日本ではほとんどキムチを食べることはないが、せっかくなので韓国本場のキムチを味わおうとした。

すると、同様のことが起こった。はじめのうちこそ、さして辛くは感じられなかったが、やがて口の中が溶鉱炉のごとく熱くなった。私はまたしても叫びたてた。

「うわー、すさまじく辛いぞー！　辛くて辛くてたまらんぞー！」

すると、孫はまたしてもゲラゲラと大声で笑いつづけた。考えてみると、孫は物心がついてから私、つまりジイジの躁病《そうびょう》を一度も経験したことがなかったからである。まさかずっとごく無口だったジイジがこのような悲鳴に似たみっともない絶叫をあげるとは想像だにしなかったにちがいあるまい。ともあれ、孫は大声で笑いつづけ、私は正直のところ至極幸せであった。

夕食がおわり部屋に戻り、他の誰もがカジノに行きたがらないので、私は娘と二人で再びカジノに乗りこんだ。

この時も、わずか一、二万円を両替しただけであった。なぜなら妻がそれだけしか金をくれなかったからである。そこで、スロットマシンで遊ぶことにした。どういうわけか二人とも一度も当たらなかった。ただスロットマシンにチップスを入れると、すぐに美しいメロディが流れてくるので、私は幸せだった。

次に、大小をやり、さらに、ルーレットをやったところチップスがすべて消え失《う》せた。夜の十一時に部屋にもどり、娘と別れた。部屋に入ると、いつでもどこでも寝たがる妻はもはや寝息をたてており、私はごく簡単に入浴して、冷蔵庫の中のビールとともに眠剤を飲み、何とか眠りについた。

足ツボマッサージで絶叫！

翌二十四日は、目が覚めると外は大雪が降りしきり、阿且山《アチャサン》や漢江《ハンガン》は一面すっぽりと白い世界になっていた。

みんなでラウンジに朝食を食べにいった。私はヨーグルト、ホットケーキ、ハム、果物をどっさり、またキムチまで口に入れた。これも私としては異常なことであった。

その後、私たちは部屋に戻り、娘は一人でプールに行った。部屋では妻に、これが最後のカジノだから金をくれと嘆願した。妻は二十万円をくれた。私はほっと安堵《あんど》した。なぜなら担当編集者のペコちゃんは、その夫とともに私と同じ十二月二十三日にラスベガスへ旅立っていたが、二人で百万円ずつを持っていったのに比して、作家がわざわざ韓国までできて、わずか何万円の賭《か》けではあまりにも恥辱であると感じていたからである。

妻は午後一時には次のホテルに行く大型リムジンを頼んでいるという。みんなが昼食に行っている間に、アタフタと私は一人きりでカジノに乗りこんだ。

これまでルーレットでは私は少ない方の数字に賭け、それが続くと、今度は大きな方の数字に賭けたものだ。ところが、何かの本で読んだが、少ない方の数字、または大きい方の数字に賭け続けた方が勝つ率が高いことが載っていた。それが果たして正確であるのかどうかは知らないが。

そこで私は、0、1、2、3、4。5はラッキーナンバーなので二個のチップス。6、7、8、9、10、11。12もラッキーナンバーなので二個のチップス。13と14の間に一個、14と15の間に一個を間断なく賭け続けた。当たることもあり、当たらぬこともあった。しかし私はこの作戦をずっと最後まで続けまくっていた。

ときたま、数字に当たり、チップスがゴッソリ手元に戻ることがあった。私はそのたびに鷹揚《おうよう》にディーラーに「サンキュー」とチップスを一枚投げてやり、更にそういうことが続くと、私は一万ウォンチップスを十万ウォンチップスに替えてもらった。

途中、娘が迎えにきたが、私がチップスを山積みにさせて動く気配もみせないので、父親がいよいよ異常になったことを悟り、妻を呼びに帰って行った。

いよいよ一時になり、妻がやってきて、なおもしぶり続ける私を人さらいのごとく拉致《らち》して行った。たとえ松沢病院の屈強な看護人が束になってやって来ても屁《へ》とも思わぬこの私を、さして大女ともいえぬ妻がどうしてこんなふうに幼児のようにあしらえるようになったのか、どう考えても分からない。そのお蔭《かげ》で、私は十万ウォンチップスを六枚（日本円で約六万円）持って帰ることができたのである。つまり十四万円の損害で済んだのである。

大型リムジンで美しい漢江の川沿いを通り、雪が降る中をザ・リッツ・カールトンへ向かった。四十分程でホテルに到着し、ホテルのロビーには豪華なクリスマスツリーが飾ってあった。娘はその脇《わき》を私と歩きながら、こう言った。

「今日はホワイトクリスマスでロマンチックねえ。この雪でパパの邪悪な心もきれいになればいいのに」

部屋はスイートであった。娘がせっかくの家族旅行だからと贅沢《ぜいたく》にも予約したものらしい。かなり広いベランダがついていて、そのテラスでお茶ができるようになっていた。すでに雪はやんでおり、午後の日差しが暖かかった。しかし、こういう一応平和な雰囲気は今の私には堪えがたい。

その日の夕方、娘は何と、かの「足ツボマッサージ」を予約していた。タクシーで十分程の「永東汗蒸幕《ヨンドンハンジュンマク》」に着くと、そこは女性専門の店で、婿《むこ》と孫と私の三人はそこから男性用の店に車で連れていかれた。

まず服をすべて脱いでロッカーに入れる。その時、孫はうつむくと腰が痛いジイジを案じて、何と私のスニーカーを脱がせ、靴下までとってくれたのである。何といじらしく、けなげに思えたことか。孫の誕生以来、このように感激したのは初めてのことであった。ところが、それも韓国にいた間だけだったのだ。日本へ帰りつくと、孫はまたもや私を無視し、ほとんど笑うこともなくなり、口もきかなくなってしまった。

さて、店専用のオレンジ色のパンツをはき、別室の足ツボ室に案内される。まずサウナに七分ほど入る。サウナなどというものはもちろん日本でも経験したことがない。やけに身体《からだ》じゅうが熱く、汗が滲《し》み出る。私はそれだけで閉口だったが、娘婿も孫も平気な様子をしていた。そのあと、シャワーを浴び、身体をふき、またパンツをはく。

それからいよいよ、ベッドに仰向《あおむ》けにされる。男性の足ツボ師は何やら木の棒をもって、やたらめったら足の裏を突つき、押し、えぐり始めた。その凄《すさ》まじい痛さったら！　私は恥も外聞もなく、もだえ、うめき、叫びつづけた。

「うっ、うっ、痛い！　あっ、ものすごく痛い……。ああ、凄まじく痛いぞう！」

この荒療治はおよそ三十分間もつづいた。私は凄《すご》い悲鳴をあげたことがさすがに恥ずかしく、「他にもこんな叫びをあげた人がいますか？」と尋ねると、「あなたが初めてです」との返事であった。最後に、足ツボ師は娘婿にむかい、

「あなたは胃と十二指腸とが悪い」

と告げ、私に対しては、

「あなたは全身すべてが悪いです！」

と宣言した。いくらなんでも、全身すべてが悪いとは、一応は医学者である私にはどうしても納得できない。少なくとも、頭の構造はかなり悪いかもしれないけれど。

一方、孫の方は別室で人参風呂《にんじんぶろ》にはいりながら、ジイジの異様な悲鳴に笑いつづけていたという。

かろうじて、難行苦行の足ツボが終わり、車で娘たちの店に行き、一緒にホテルに戻った。女たちはどう感じたかと問うと、女性の足ツボ師は単にマッサージをするだけで、少しも痛くなかったという。ちなみに足ツボの料金は一人につき四万五千ウォン（約四千五百円）であった。

夕刻ホテルに戻り、すぐラウンジに行き簡単な夕食をとった。その時に娘が、プールに行って、ジイジも水の中を歩いてみてと言いだした。私はプールの水中歩行が足腰に良いが、かなり苦しいということを聞いていた。しかし、あの足ツボの苦行を耐えた身にとっては、そのくらいのことはできると思ったし、何よりも孫が泳ぐところを一度は見てみたいと念じていた。孫は今ではバタフライがもっとも得意で百メートルを泳げるという。

娘は私のために内緒で水着を用意していた。それをつけ、ノートルダムの鐘つき男のように曲がった背も他人がほとんどいなかったため、意に介せず、プールにはいった。水にはいるのは、かつて北一家が行ったバリ島のプール以来、七年ぶりのことであった。あのときは孫はまったく泳げなかったはずだ。

水中に入って、片手でロープにすがって歩いてみると、足ツボの効果であろうか、意外に容易に歩けた。隣のコースでは、孫がゴーグルをつけ、得意そうに泳いでいる。私は調子にのって、ついに孫と競泳をやらかそうと思い立った。これでも若い頃はクロールでかなりの速さで泳ぐことができたからである。

私と孫は、「ヨウイ、ドン!」で泳ぎ始めた。孫は得意のバタフライである。私はクロールで死物狂いになり、両腕をふり回したら、四、五メートルくらい泳いだところでまさしく孫を追いぬきそうになった。ところが、そこで私の体力はつき、ズブズブと水中に沈んでしまった。「これは溺《おぼ》れるかな」とまで思ったが、すぐに水面に浮ぶことができた。しかし、もはや遥《はる》か先を泳いでいる孫を追いかける気力は絶え果てていた。

そのあと、しばらく水中を歩き、それからジャクジー(泡風呂)にはいった。これまた私には初体験で、何とも心地良かったので思わず、「清水次郎長伝」の石松の浪曲三通りの節を唸《うな》り、ドイツ語でシューベルトのリンデンバウム（菩提樹《ぼだいじゅ》）を歌った。プールの終了時の九時頃だったので、他の客もすでにおらず、妻たちもこれを許してくれた。けれども、私としては、百人ほどの聴衆にこれらの浪曲や歌を聞いてもらいたかったのである。

昔、テレビで二度もリンデンバウムを歌い、のちにそのビデオを見たが、凄まじい音痴さには自分で恐れ入った。しかし、このたびは結構うまいと自分でも感じ、娘もそれに同意してくれたのである。もっとも、これは娘の皮肉だったかもしれない。

翌二十五日の午前は、妻たちは市内観光に出かけていった。私は腰が痛いので、付いて行く気にはなれず、部屋に一人残った。さらに、妻からは、「あなたは躁病《そうびょう》で何をしでかすかわからないから、一歩も部屋からでてはダメよ」と念を押されていた。

実は日本を発《た》つ前に、ペコちゃんの上司である石井昂《たかし》さんが有馬記念の予想をホテルにＦＡＸで送ってくれることになっていた。そのため私は一人で、成田で買ってきた競馬新聞とＦＡＸとをひたすらに研究してみた。

午後三時半に妻たちが帰ってきて、何とこれから「垢《あか》スリマッサージ」に行くという。私は前日の足ツボの疼痛《とうつう》を思い出しゾッとしたが、致し方なくついていくことにした。

「白鹿潭火汗蒸幕《ペクノクダムブルハンジュンマク》」という店の車がホテルに迎えにきた。ビルの三階の受付でコースの説明を受けた後、女性たちは三階へ、私たち男性は五階へ連れて行かれた。ここで垢スリマッサージのコース八万五千ウォン（約八千五百円）を払う。

シャワーを浴びた後、麻袋を頭からすっぽりかぶってサウナにはいった。これは「汗蒸幕」といって韓国式のものであるらしい。私は暑さに閉口したが、じっと我慢していた。その後、人参風呂に入ったが、ブクブクと泡が立っていて、まことに快かった。

いよいよ垢スリにかかる。ビニールのベッドに仰むけになり、ゴシゴシと身体じゅうを擦《こす》り始めた。垢が消しゴムの滓《かす》のように一杯でた。そのあと、マッサージにかかる。手の平を丸めて、ポンポンとすごい音を立てて叩《たた》くと思うと、優しく撫《な》でまわし、次の瞬間にはふたたび電光の如《ごと》き速さで叩きまくる。

そのあと、漢方パックという泥のようなものを顔につけられ、五分ほど放置された。それからシャワーを浴びてガウンに着がえる。足ツボに比べて少しも痛くはなく、快かったので、追加料金四万ウォンを支払い、全身指圧を試みることにした。

帰途、南大門市場《ナムデムンシジャン》をまわった。娘は市場で韓国料理を食べたいと願ったけれど、妻がクリスマスだからホテルで夕食をしようと言ったので、やむを得ず、ホテルに戻った。

フレンチ・レストランではみんなでシャンパンで乾杯し、私はキャビア、フォアグラ、サーモンステーキをとり、十二分に満足するところであった。妻も「今度の韓国旅行はどうなることかと心配していたけれど、思っていたよりパパがお利口で、しかもあまりカジノで擦らなかったから本当によかったわ」と満足気であった。この夜が最後で、翌日の昼には帰国する予定となっている。

ところがさすが躁病の恐ろしさ、デザートにかかると矢庭に、私は、

「これから俺さまはカジノに行くぞ!!」

と宣言したのである。

その気迫には皆も驚き反対もしたが、この精神異常者の石のごとき固い決意には諦《あきら》めざるを得なかった。仕方なく妻は「一人で行かせると明日の飛行機に乗らない可能性がある」と言って、娘夫妻を同行させることにした。妻は二万円と先に私から受け取った十万ウォンチップス六枚を渡してくれた。

十一時に出発し、夜なので道が空《す》いており、二十分ほどでカジノのあるホテルに到

着した。娘婿はカジノが初めてだったので、まずスロットマシンで遊んでみた。それからいよいよ本番のルーレットに席をとった。

同席の客には陽気な日本人がいた。彼は釜山《プサン》、済州島《チェジュ》、そしてソウルと九日間ずっとカジノ三昧《ざんまい》で、この夜も日本円で五十万円分ほどのチップスを山盛りにして賭けつづけていた。いったんは二倍になったのだが、最後にはむなしくゼロとなり、さすがに退場して行った。

次にはこわそうな日本人のお兄さんが横にきた。同じく五十万円分ほどのチップスを手元に積んで、一つの数字に十万ウォンずつを賭けつづけた。私以外の日本人はどうしてこんなに金があるのだろうか。

さすがに私が、

「いやあ、すごい賭け方ですね」

と言うと、相手は平然と、

「勝つために来ているのだから」

ときつい口調で言った。

私はこれまでのように小さい数に賭けつづけ、けっこう勝っていった。手元にはいつのまにか小額のチップスが山盛りとなり、それを高額の十万ウォンチップス九枚に替えてもらった。娘はそれは手元に残しておいて、残りの小額チップスで遊んでと忠告した。

気がつくと午前三時になっていた。娘は眠いから帰りたいと言ったが、私は頑固にそれを拒んだ。娘は諦めてラウンジにキムチラーメンを食べに行った。そこに先ほどのこわいお兄さんが、「ほら、七十万円とったよ」と札束を見せにきたという。そのまま彼は勝ち逃げして帰っていった。カジノではごく稀《まれ》にこのように憎たらしい奴《やつ》に出くわす。

ふたたび娘が戻ってきて、まったく帰る気配のない私に、「お願いだからもう帰ろうよ。このチップス両替しちゃうから」と言って、手元にあった高額チップス・八十万ウォンを両替しに行ってしまった。あとは小額チップスで遊べと言われて、私はなおも賭《か》けつづけたが、結局は皆無となった。

娘が安心しトイレに行って戻ってきてみると、何とその恥知らずの父親は札入れから韓国紙幣を出して、チップスに替え賭けようとしていた。そして、それを止めようとする娘とはた目もかまわぬ見苦しい親子の札の奪いあいとなった。

「頼むから、これだけやらせてくれ!!」

と私は叫び、ようやく許して貰《もら》うことになった。だが、むなしいことに、とどのつまりはすべてを失った。だが結局は、妻から八万円を貰い、八万円が手元に残り、収支はおおよそトントンということになる。私としては、珍しくめでたいことであった。

ようやく午前五時にタクシーに乗ってホテルに戻った。


翌朝は九時半に起こされた。十一時には空港に向け出発しなければならない。しかし私は、この日の有馬記念に賭けてくれる石井さんに電話をし、八点の馬連に一万七千円分を賭けるよう頼んだ。この騒動のために、十一時の出発が遅れ、車を三十分待たせることになった。この車には世界的なチェリスト、ヨーヨー・マとか中曽根元首相が乗ったことがあると運転手は誇らし気にその写真ファイルを見せていた。

成田には三時四十分に着き、家に六時すぎに帰り着いた。早速、石井さんに電話してみると私の馬券はすべて外れていた。ところが石井さんが別の作家から百万円を預けられ、好きなように賭けてくれと頼まれたのが当たったという。スペシャルウィークとグラスワンダーの馬連に五十万円を賭け、他の馬連に二十万円を二つ、さらに大穴に十万円を賭けたところ、本命の二頭が堅くきて、四百七十円がつき、今からその二百三十五万円の配当を届けにいくという。それを聞いて、私はさすがにゲッソリしてしまった。私の近頃関係するようになった編集者は何と博才《ばくさい》のある人であろうか。

こうして一九九九年最後のバクチ旅行は無事におわったが、正月早々、私は風邪から肺炎になりかかり、私流に抗生剤をやみくもに飲んだところ、かろうじて肺炎になることを免れた。その代わり、なぜか弱りきった身体にもかかわらず大躁病となり、ついに娘から家に監禁され、また私にもどんな医者にも分からぬ天下の奇病となり、二時間意識を失い、救急車で病院に運ばれる羽目にもなったのである。このとき、私は自分が単なる躁鬱《そううつ》病患者でなく、この世で稀な人間であることをつくづくと感じ、自分自身が恐ろしくなったものだ。

その後、ラスベガスから帰国したペコちゃんからカジノの結果を電話で聞くことができた。それによると、二人は念のためシティバンクにあらかじめ予備の二百万円を預金しておいた。余裕の金がないと焦《あせ》って擦るからという理由であろう。ところが二人はほぼ一日にして持っていった二百万円を見事に擦り、タクシーで預金を引出しに行ったという。いかなる賭け方かと言うと、旦那《だんな》さまのほうは意外に簡単にルーレットの赤黒ばかりだという。それも百ドルチップスをドサリンコと賭け、当るとそのまま二倍となったチップスを賭ける。負けると倍々法によって二倍のチップスを賭ける。これは私がマカオで初めて「大小」に賭けたのと同じ手法である。倍々法は資金が無限ならばいつかは勝てる理屈だが、いかんせん私は当時の五百ドル枠に縛られた身の上、ペコちゃんの旦那は確かに金を持って行ったが資金はやはり限られていたのだ。

一方、ペコちゃんのほうは、自分の誕生日が六月三日ゆえラッキーナンバーの3と6、また旦那の誕生日が十月十九日ゆえに10と19、それをずっと賭けた。これは意外によい戦法であるが、私に言わせれば旦那がペコと知り合った月日、また初めて二人が合体した日、つまりあと四つくらいはかけたほうがよいと思われる。

ところが、このような作戦で行なっても、旦那のほうは結局三万ドルを擦り、ペコちゃんもルーレットで残り五百ドルまで負けてしまった。そこで彼女は得意とするブラック・ジャックに移り、元の所持金の一万ドルにまで持ち直したという。

ペコちゃんの旦那さまはもうどこの出版社からも前借りができぬ状態に追いつめられている。もっともこの私もずっとずっと前からそうなのだが。しかもこの旦那さまは現金がないので、新聞の集金係りが来ても追い返すという。ところが彼は、ペコちゃんがさすがに嘆いているのに比し、案外けろりとして悲嘆の情も表わさぬらしい。やはりヤクザめいた人物であるからであろう。彼の週刊誌の連載小説「病葉《わくらば》流れて」の一節に「バクチというのは一寸先は闇《やみ》だ。ほんの些細《ささい》なことでもツキを失ってしまう。ツいているときは、じっとそのスタンスを保つことが必要なのだ」とあり、これも真理だと思うが、やはりバクチは小説とは微妙に異なるものなのだ。

私が知合ってから二度も競馬で大勝ちをした石井さんも、昨年こそかなり儲《もう》けたもののの、今年になってからは四、五十万円を負けたという。それでも彼は寺山修司の言葉を胸に刻みこんでおり、すなわち、

「バクチはそのとき勝ったか負けたかであって、トータルで考えてはならぬ」

なかなか良き言葉である。

私は株から始まってこれまでのバクチ行で、「ギャンブルで絶対に擦らぬ方法、それはギャンブルをやらないことだ」という真理を、なんと三十年もかかってようやく覚えた。

私のギャンブル行は、このあと大井競馬場、平和島競艇、そしてラスベガス及びマカオ行きでおそらく終了となるであろう。しかし私は、誰か電話投票してくれる人がいるかぎり、競馬だけはほそぼそと続けてゆきたい。この世にはスリルが必要なこともあり、競馬さえしなくなったらなんとなく私の人生は終末を迎えそうだからだ。大体、私は万馬券というものを取ったことがない。これらを取らずして、どうして生きてゆけるのか、この地球上で呼吸をしている資格はないとまで私は考えるのだ。

次回のカジノでは私はだんぜん乞食《こじき》のような格好をし、今までのやり方とは異なった、つまり当らぬと思われる数字に賭けようと思っている。かって「日本丸」で逆ビ

ンゴ、数字が当たらぬ奴で一等になったことがある。つまり、私という奇態な人間は、これと思って賭ける数字は当たらず、当たらぬほうで勝つようである。いや、それでもバクチで結局は敗《ま》けるというのが私の天性の宿命なのであろうか。ああ、この世はむなしい、この世のすべてはむなしくてならぬのだ、少なくともこの私という生命体にとっては。だが、その底にちょっぴりの幸せ感だか得体の知れぬ痺《しび》れとおののきを味わえるものと私は信じている。私はトーマス・マンの言う健全な市民ではなく、やはり作家、キュンストラーなのだ。

大井競馬場、というよりも性に目覚めた！

私は自分でも我ながら変てこな性格だなあと思うことがある。

そもそもこのバクチ紀行をやりだすことになったきっかけは、娘が「パパもいよいよ死期が近づいたみたい」と言ったから元気が出たのである。

しかし、ふり返ってみるとその半月前、今年の賀状を作ることになって、どう考えてみてももう長くはないと感じていたから、

「小生、老化いちじるしく、このうえは身じろぎもせずじっと自然死を待つ決意を固めましたので、賀状は本年かぎりにさせて頂きます。これまでの御芳情を感謝致します。ではさようなら。皆さまはお元気で。世を捨てた　北杜夫」

と記した。

これは諧謔《かいぎゃく》でなくまったくの本音であった。しかし、本心から「世を捨てて」「もうじき死ぬ」と思いこんだため、私は元気になってしまった。

むろんそれだけが原因ではない。躁鬱病《そううつびょう》は自然にサイクルを描くものである。昔は三年くらいの周期で躁になった。それが齢《とし》をとってエネルギーがなくなって十年ものあいだほとんど寝こんでいた。それでも乏しくなったエネルギーが蓄積されていて、ついに躁状態になったのである。

躁になると本人は元気になるからまあ幸せな気分になるが、往々にしてやることが並外れになるから、家族、なかんずく妻は大変である。

それでもこのたびの躁ではよい面も現われた。ずっと私は腰痛で、食卓でかがんで食べようとするとつらく、歯もわるくて柔かいものもなかなか食べられなかった。そのため妻も、「あなた、ずいぶん痩《や》せたわねえ」と心配していた。ところが元気が出てきて、近所の整形外科や鍼《はり》に通いだしたため、足腰もいくらか良くなってきた。歯もよくなったわけではないが、気力で嚙《か》むため以前は食べられなかったものも咀嚼《そしゃく》できるし量もふえてきた。そのため、以前はゆるかったズボンがきつくてはけなくなった。

妻は別のズボンを私に試させながら、

「あなたって、ちぢんだりふくらんだり、ヤッカイな人ねえ」

と言った。お腹《なか》のでっぱり具合より、かつてのようにその精神が異常にふくらむのを怖《おそ》れていたのだろう。

しかし、これまでに書いたように、山形上山へ行って競馬をやり、おまけに韓国のカジノへまで出かけたのはやはり躁のたまものであろう。一年前の夏は軽井沢までの一時間の新幹線ですら、あまりの腰痛にあやぶまれるほどだったのである。

仕事もずっといい加減なエッセイくらいしかできぬと諦《あきら》めていたのが、娘に釣られてちょっと競馬をやったところ、何年ぶりかで「水の音」という短篇も書けた。ほんの半日足らずの時間にである。これには自分であきれたほどだ。

つまり、ギャンブルをやるにはエネルギーが要る。そのため長くギャンブルをやっていると、ふつうはエネルギーを失いヘトヘトとなり一巻の終りということもある。けれども、たまには掻《か》きたてられた情熱の余波がなお残っていて、体内のいわばマグマを誘い創造につながる場合もあるのではないか。

しかも一度だけではなかった。山形の旅が私の躁と娘と編集者ペコちゃんの陽気さによってごく愉《たの》しかったのも要因であったろう。

往復の車中で、私は群ようこさんの小説『キラキラ星』、つまりペコちゃんとその旦那《だんな》さまがモデルだというその話が、どのくらい本当でどのくらいフィクションであるかを尋ねた。なかんずく旦那が五十何歳にしてインポになりバイアグラを飲んでも駄目だということである。すると、すべてが真実だということであった。ふつう人はこのようなことは恥ずかしがって隠したがるものだ。ところがこの夫婦は、そういうことも至極大っぴらで、むしろ喜び勇んで書いてくれという様子らしい。

この私もずーっと前からインポである。初めのうちこそ九十歳を過ぎて子をつくる人などがあるのにと残念にも思い、スッポン大王でもバイアグラでも飲んでみたこともあったが、とうに年齢と体質を考えて完全に諦念《ていねん》していた。しかし、ペコの旦那はまだ五十何歳で、しかも二人が一緒になってから三カ月は極めて元気であったのがバイアグラでも駄目だとは、と考えざるを得なかった。

ペコちゃんの旦那は、今は小説を書く以外はギャンブルばかりをしていて、世間の事情にうとい。そのためペコちゃんが家へ帰ると、今日外で起こった面白い話を松竹梅のランクをつけておれさまに話せと命じるそうだ。しかし、ペコちゃんとて忙しい編集者である。そうそう三つもの話題を提供できるものではない。

そこで私は幾つかの知識を彼女に話した。茂吉の晩年に、「わが色欲いまだ微《かす》かに残るころ　渋谷の駅にさしかかりけり」という歌がある。これを作った頃の茂吉は家の中も人に支えられて辛うじて歩けるほどであった。つまりこれは、完全に空想妄想の歌である。

そして中村真一郎氏も、御自分で書いているようにかなり前からインポであった。そのため空想妄想の世界で、晩年になってもあのような性小説を書かれたのである。それで、もしペコの旦那がずっとインポだったら、やがて凄《すご》い性小説が書けるだろう、と。

それに加えて、何とか旦那さまを回復させようと、或《あ》る秘術を話した。さる高名な形而上学者《けいじじょう》には愛人がいたが、齢をとって元気がなくなってからは、ペニスの根元を太い輪ゴムでしばったという。すると先端の海綿体が充血して勃起《ぼっき》する。これをぜひ試してみるように、と。

そのほか松竹梅の三倍もの話をした。そしてあとで実行したかと訊《き》くと、

「もし輪ゴムが取れなくなったらと恐がってやりません」

そのあと私が韓国へ行くのと同じ日程で、ペコちゃんたちはラスベガスに行くと聞いていた。そこで私は輪ゴムの秘術のほかに、私の考えた臍《へそ》を舐《な》めあうという術を教えた。

臍のゴミを取るとお腹が痛くなるというのは、臍の下にはほとんど脂肪や筋肉がなく、腸に直接触れるからである。そのことを私は本でも読み、かつ医学部での解剖実習の折実見していた。そこで臍を舐めたら独特の感触が得られるかもしれない。ラス

ベガスには何日もいるのだから、その間にぜひこの二つの術を試みて貰《もら》いたいと言った。この秘術はむろん私自身やってみたことがないから、おおらかなペコちゃんたちで実験してほしいと思ったのである。

私がなぜ他人のインポ、自分のインポのことを書くかというと、この世にインポの人がかなりいるからである。同様に早漏の人も多い。ほとんど知られていないことに、偉大なるゲーテは、小塩節《おしおたかし》さんがドイツの学者と研究したところによると、若い頃すごい早漏であった。なにせ衣服を着てダンスをしただけで射精してしまったという。こういう話も早漏コンプレックスの人には憩《いこ》いになるのではなかろうか。インポとて同様である。

ラスベガスから戻ってきたペコちゃんに、結果はどうだったと勢いこんで訊くと、

「それが、二人とも笑っちゃって駄目なんです」

ところで、山形から東京駅に着いた私が疲れきってプラットホームであやうくへたりこみそうになったことは先に書いた。なかんずく三分の一しか飲んでいない缶ビールをペコちゃんに捨てられてしまった心理的ショックは大きかった。

しかし、僥倖《ぎょうこう》が待っていた。ペコちゃんの上司石井さんが改札口にいて私たちを食

事に誘ってくれた。そして、ペコに捨てられた量の何倍かのビールを飲むことができた。これによってへたりこんでいた私は、生理的、心理的に蘇《よみがえ》ったのである。

そのうえ妙な幸運が重なった。私は足腰が弱り、入浴するのがかなりつらかった。なかんずくシャンプーや髭《ひげ》を剃《そ》るとき、辷《すべ》って転ばぬよう死物狂いの苦労をする。当時有名であったオウムの松本なるグルが、「私は風呂《ふろ》に入りません。なぜなら汚れないから。私はシャンプーをしません。なぜなら臭《にお》わないから」と言ったという。私は凡人であるからやはり汚れたり臭ったりはするが、「風呂に入らない」ことについてはだんぜん共鳴していた。

そこで妻に、「山形で温泉にたっぷりはいってきたから（ほとんど嘘《うそ》）、今夜は風呂に入らない」と告げ許された。そしてすぐベッドに入った。もし入浴なぞしていたなら、身心ともになまってしまったことだろう。

しかし入浴しなかった効果は抜群、翌朝は六時に起床、ただちに筆をとり、やはり半日かけて「みずうみ」という小説を書きあげてしまった。その速度はごくくだけた雑文を書くより早いと言ってよい。それも一応純文学じみた小説なのに、さらさらと、推敲《すいこう》も苦吟もせずに文字を並べられたのだ。ふつうならごく粗雑な文章となるはずなのに、末尾の暮れなずむ余光に湖の水がさまざまに微妙に色を変える辺りは、私が作家になりたての頃の淡々しく清らかな文章のように思われた。ルナールが「文章は息をつくように書け」と言ったが、なんだかそんな具合のように思われた。

私は思わず知らず妻に、

「ぼくはひょっとすると天才かもしれない」

と呟《つぶや》いたところ、妻は平然として、

「あなたはもともと天才なのよ」

と、凄い皮肉を言った。

しかし、そのあとがごくいけなかった。

私は娘の提案でこのあといくらかのギャンブル紀行をやることになっている。そのたびに妻に頭を下げていくらかの、それもペコちゃんたちに恥ずかしくない資金を頼むのは気がひける。なにしろここずっと私の小遣いは月四万なのである。それでもどこへも出かけず煙草《たばこ》代くらいしか使わなかったから余るくらいであった。だが、ギャンブルとなるとそうはいかぬ。

私は久方ぶりにいくらかの原稿を書いたので、そのうち一つは銀行振込でなくキャッシュで貰いたいと頼むと、新潮社の現役の中ではもっともつきあいの長い担当編集者の栗原さんが言った。

「それが、奥さまから経理に電話がありましてだめなのです」

「でも、少ない金額なら何とかなると言ってたでしょう？」

「ええ、しかしなにしろ会社では経理がいちばん強いものですから」

確かに昔の株騒動のとき、私は原稿料どころか前借りの多額の金をひそかに持ってきて貰っていた。そのため妻もそれに懲《こ》りて智恵《ちえ》がついたのだ。しかし、あれはもう二十年も前の話だ。それに私はもう株はやらず、新潮社には「今後株のためには一切金を借りません」という念書まで書いている。

「だって株のためじゃあない。今後のギャンブル紀行のための資金なのです」

「ですが、やはり奥さまと経理のほうが強力ですから」

妻をこのように怜悧《れいり》で強い女にしてしまったのも、もとはといえば私の数々の悪行からであった。

しかし娘はこのあとも幾つかのギャンブル紀行を計画している。そのたびにおどおどと金をねだるのはみじめである。そこで私は最後の手段に出た。なじみの古本屋さんに来て貰い、ちょうど書庫にも入りきらなかったかなりの本を処分した。古いマンガ本がもっとも高い値で売れ、二十数万になった。それだけでは足りぬので、自分の生原稿も売った。それが終らぬうち、妻が戻ってきた。妻も知っている古本屋さんである。

あとで妻は言った。

「あなた、いくらになりました？」

「二十何万だ」

「嘘でしょう。古本だけでそんなになるはずないわ。あなた、自分の原稿も売ったんでしょう」

以前、そうしたことがあったのを妻はちゃんと覚えているのである。こういうとき、言いのがれることはむずかしい。

「実はちょびっと売った。……全部で三十何万だ」

そのときはどうやらそれ以上追及されることなく終った。ところが二、三日経《た》って妻が言った。

「あなた、もっと売ったんでしょ。由香が言ってたわ。パパがあんなに豊かそうな顔をしていたことはないって」

娘はパパっ子のはずだのに、どういう訳かときどき母親の味方になる。

私は白状したが、その金はそのまま隠しておくことができた。しかし、その後の私のギャンブル行において、もはやビタ一文くれようとしなくなったのである。

のみならず、慇懃の編集者に妻はこう言った。

「自分の生原稿を売るなんて北は恥知らずで困ります」

編集者も大きくうなずいた。

「まさしく恥知らずですな」

私自身もそう思う。しかし、実に久方ぶりに原稿を書いても、そのいくらかも自分のものにならぬ私は、他にこの世に処するすべを知らぬのである。

もっとも私がすこぶるケチで貧困妄想的な人間であることも認めねばならない。昔から食卓にイワシかサンマ以外の魚が出ると、妻に向って、

「これ、高いんじゃない？」

と一々訊いたものだ。

私が子供の頃は確かにイワシやサンマはいちばん安かった。しかし近頃はそうでもないことは承知している。それでも、一応こう尋ねておかないと不安でならぬのである。

近所の整形外科の前で百円ショップを見つけた。さような存在があることは知っていたが、実際に見るのは初めてである。

そして品物を試してみると、ボールペンであれ寒暖計であれ、とても百円と思われ

ぬものがかなり見つかった。私は大きな幸せを覚え、かなりの品数を買った。

中でも感動したのは、小さな目覚し時計である。玩具でないそれがわずか百円なのである。

私は以前は寝室のベッドに坐《すわ》って本を読んだり煙草を吸ったりしていたが、そういう前かがみの姿勢がもっとも腰にわるいというので、妻が部屋の隅に小さなテーブルを置き長椅子《いす》を据えてくれた。そこでテレビを見たり、本を読んだりしている。左の後方に壁時計があるが、それを眺めるには身体《からだ》や首をねじまげねばならぬ。ところが小さいながら百円の目覚し時計を買ってきたので、それをベッドの向うの棚に置くと、椅子にかけたまま時間がわかる。

私が思わず、

「ああ、いい買い物をした」

と吐息のように呟くと、夫の奇態な言動には滅多に反応せぬ妻も、ちょっとの間うつむいてクスクスと笑い、

「安かったからでしょ」

と言った。

さらに、躁病《そうびょう》であるから私は用もないのにあちこちに電話をかける。ペコちゃんに

かけると彼女は忙しいので滅多にいない。ようやく摑《つか》まえて、

「どうしてちっとも電話をくれないのだ？」

「あら、いつもジャンジャン電話してるじゃありませんか」

「とにかくこちらからかけると電話代が損なのだ。ぼくの担当でいるあいだは、おれがおそろしくケチだってことをよく覚えておいてくれ」

「そんなことは最初からちゃあんと承知しております。ケラケラケラ」

確かに彼女はほがらかで陽気で、そういうところが多くの作家に好かれるのだろう。しかし、少々陽気すぎるところがある。その笑い声もときにゲラゲラどころか、ゲタゲタと聞えることがある。ひょっとすると彼女の旦那《だんな》のインポも、彼女の笑い上戸に原因があるのではないか。

私は元気になったので、これまで関係のなかった出版社の人とも会ったりした。すると、いずれもペコちゃんを知っている。彼女が編集者としてすぐれているからというより、マージャンなどギャンブルのつきあいがよいからだという。そして彼女の陽気すぎる声について「あれはやかましいです」と言った。しかし私は彼女の優秀さも知っている。知りあってまもなく、「北さんの『幽霊』はマンよりリルケの影響が大きいのじゃないですか」と言った。福田和也《かずや》氏も『作家の値うち』の中で同様な指摘

をしてくれているが、それよりもずいぶん前のことである。評論家でそのことを言ったのは篠田《しのだ》一士《はじめ》だけで、それもずっとのちになって私の大学時代の日記の「車中で読んだ『マルテの手記』の感激未《いま》だ忘れず」から推察したのである。いや、それよりもペコのことで驚いたのは、私の前回の韓国紀行の原稿をちゃんと読み取ったことだ。私の躁のときの原稿は字が乱雑極まるうえに大半の漢字が片仮名になっているので、長年担当している栗原さんにしか読めない。その原稿は私自身でも読めなかったので、かなり不安であったがペコちゃんは何とかゲラにしてくれた。

ともあれ私は躁であれこれと閃《ひらめ》くので、ペコちゃんの旦那のために『川柳変態性慾《せいよく》志』『江戸遊女の生態』『恋と売淫《ばいいん》の研究』なる三冊の古本を貸した。このような本は以前の躁のとき、衝動にまかせて古書目録で買いこんだもので、買うだけで開いたこともない。しかし、もしかするとペコの旦那の役に立つかもしれぬと考えたのだ。更に百円ショップで、一本の化粧筆みたいなものを買い、これもペコに渡した。

そのあとペコちゃんと会ったとき、

「おれさまは他人の旦那のことでこうも気を使うとはずいぶん親切な人間だと思ったが、考えてみれば大半は好奇心で、それよりも躁によるおせっかいらしいな」

と言うと、

「完全なオセッカイですわ」

とペコちゃんは言い、

「でも、筆はもう使ってみました」

「どんなふうに?」

「首を撫《な》でたんです。でも、くすぐったがるばかりで駄目ですわ」

このような愚かしい日々を過したのち、三月二十二日、ようやく大井競馬場へ行くことになった。石井さん、ペコちゃん、どういう訳か妻(見張り役)、私の四人組である。

大井は私が慶應大学医学部の助手時代、初めて行った本格的競馬場である。しかし、昔はまさしく草競馬のようにうらぶれていた。

国電で大井町駅に着き、そこから相乗りのタクシーに乗る。運転手が「あと二人」とか言って、四人ほどの客を乗せるのである。そんな経験も初めてならば、車中で競馬新聞をひろげるのも初めてであった。

五、六回は通ったであろうか。一度をのぞき、あとはすべて擦った。帰りは金がないのでバスで大井町駅まで行き、電車代を一つのポケットに蔵《しま》っておいて、あとのわずかな金で腹いせにパチンコをやった。

一度だけいくらか稼いだことがある。最終レースが終ると、大きな桶《おけ》に粗末な鮨《すし》を入れて売りにくる。その五つ、六つを食べたときの満足は非常なものであった。

その頃、私は「文芸首都」という同人雑誌にはいっていた。時が経つうち、やはり古手の同人と若手では文学意見が異なるので、自分たちで何とか雑誌を作ろうということになった。十数名が集まり、雑誌の名を「半世界」と決め、佐藤愛子が会計係になって、一人月に千円ずつを集め、金がたまったら雑誌を出そうと決めた。ところがほとんどの仲間が貧乏で、月に千円なぞ出せる者は数えるほどしかいなかった。

あたかもそのとき、私は大井競馬場で少し儲《もう》けた。そこで、

「集まった金をおれに寄こせ。競馬で四、五倍くらいにしてやるから」

と言ったらしい。

その案は幸いにして受理されなかった。もし私が金を手にしていたら、むろんのこと無と化したにちがいない。

そういう思い出につながる大井競馬場は実に近代的に立派になっていた。昔のおぼろな印象がうらぶれているだけ、それは際立《きわだ》って見えた。

午後の発走の前に競馬場に着いたので、みんなは折詰の鮨を買ってきて食べた。私

は歯がわるいので何も食べなかった。ところが最初のレースで、妻は石井さんに教わって上位三頭から二頭を予想するワイドをちょっと買ったところ、それが当った。前日から妻は何か私の暴言に腹を立てていたのだが、競馬で生れて初めて当てたので、俄《にわ》かに機嫌が良くなり、食べ残しの鮨をわざわざ持ってきて、

「あなた、何も食べないと体にわるいわ。柔かいマグロだけでも召し上がったら」

と、やさしくすすめてくれた。いくら夫に対し怒っていても、やはり私を長生きさせたいらしい。

私は不器用なので選んだ馬の番号を紙に記すことができない。みんなペコちゃんにやって貰う。彼女は当り券をも換えてきてくれて、

「北さんは当ったけど、あんまりいろいろ買いすぎたから、ほら、儲けはたったの千円」

と嘲笑《ちょうしょう》した。

今回は上山競馬場でのペコの万馬券を意識して、これはという馬連を三点ほど買うほか、ほとんど無印の私のラッキーナンバー5を軸に千円ずつ総流ししたりしてみたが、更に結果が悪くなった。なまじっか大穴を狙《ねら》って総流ししたりするので、たとえ堅い馬券が当っても、総計すると逆にマイナスになってしまうのである。

そのあと、口で馬番を言って買える窓口もあるというので、ゲン直しに自分で買いに行った。躁病であるから、そういう窓口でもつい無駄口を叩《たた》いてゆく。私が帰ろうとすると、横手の女性まで笑って見送る。様子を見にきたペコちゃんが、「北さんは売場のおばさんにも人気がありますね」と言ったが、それはそうであろう、馬券を買いにくる客はそれで夢中で誰も軽口なんぞきかないからである。そして売場でいくら人気があろうとも、私の買う馬券はむなしく外れてしまうのである。メモをなくしてしまったが、この日は結局十何万かを失ったと思う。

終り近くのレースのあと、新聞を手に無口でいる石井さんをペコちゃんはこう評した。

「石井さんは二百七十万を儲け損なって、口が利《き》けなくなっちゃったんです」

そのレース、石井さんはあまり人気のない11番の馬を軸に一万円ずつ何点も流した。だが13番の馬だけはまさかと思って外したところ、11―13となり、二百七十倍を取り損ねたのである。だが、ギャンブルとはさようなものなのだ。

ところでペコちゃんの戦果はといえば、

「あたしは全敗です」

本当に一度も当らなかったのである。しかし、彼女が言うと、なんだか愉快そうに聞えるのである。

それよりも競馬が済んだあと、妻は帰り、他の者は私の娘と落ちあって銀座のバーへ行くことになっていた。これもギャンブルをすることによって元気になった（実は躁になったからこそギャンブルをやりだしたのだが）父をよりもり立てようと、娘が企画したことである。

私は十年以上、バーなどというところへ行ったこともない。以前に行っていたバーもみんななくなってしまった。しかし、娘のその言葉を聞いて、私はかつて一度もしたことがないことに、バーの女性をくどいてやろうと思い立った。

私は自称他称清純作家として過してきた。まあ作家の中では清純なほうだと自分でも思ってきたし、他人からもそう思われてきた。

まだ若い頃、吉行淳之介《よしゆきじゅんのすけ》さんと三流週刊誌で対談したことがある。吉行さんはいきなりこう尋ねた。

「北君はどうしてセックスを書かないんだい？」

「みんなが書くから、ぼくは書きません」

「そうかね？　ぼくは性は重要なものだと思っているから、もっともっと書くつもりだよ」

吉行さんはとうに性を描いた長篇で有名であったうえに、麻布中学の先輩でもある。高校や大学なら一、二年の差はさして感じないものだが、中学の先輩となるとかなりの比重を覚えるものだ。

それで私はべつに誘導もされないのに、自分から女に関する話をべらべらとしゃべってしまった。

「吉行さんはずいぶん女をご存知でしょうが、ぼくはせいぜいこのくらいですね」

と、片手の指をひろげてみせた。これは作家である以上、少しは女を知ろうと思って外国では娼婦《しょうふ》を買ったりしたからである。

なにせ清純作家と思われているから、そのあと読者から幾通もの手紙が来て閉口した。

「妻ある身でありながら、他の女と寝るとは何事。一主婦」「北さんだけは信じておりました。もう男という男が信じられません。あたしは結婚もしません。一女性」

こんなこともあったけれど、まあ私は清純作家のつもりであった。それが齢《とし》をとってインポになって性なんて考えもせずにきたところ、なにせ躁病で妖《あや》しい思考がひらめいて、清純作家のままこの世を去ることは残念だと矢庭に思いこんでしまったらしい。

ともあれ女をくどくには、まずいろんな店へ通って然《しか》るべき女性を見つけ、幾回も通ったあげくようやく食事くらいをし、それから……という知識くらいは私だって持っている。だが足腰が弱り外出もつらい私にはそれは不可能だ。それゆえ娘たちと行く見知らぬバーで見知らぬ女をいきなり、と決心してしまった。それにしても昨今の銀座のバーはいかようになっていることか。

私が銀座のバーへ行ったのは、『どくとるマンボウ航海記』を出したあと、中央公論社の社長に連れて行かれたのが初めてのことであった。するとシャンデリアが輝き、ざわざわと美女がいた。何より感心したのは、そういうホステスたちが政治の話ならそれなりに、文学の話ならそれなりにこなす知識を持っていることであった。また店の付近も駐車禁止になっていないので、彼女たちのうちかなりが自家用車で出勤していることであった。私は一人のホステスさんに車で自宅まで送って貰《もら》った。それまで新宿のトリス・バーか、或《あ》るいはクリスマス・イヴ券五百円の安バーしか知らぬ身にとっては、まさしく別世界の観があった。

だが、そういう感動も長くは続かなかった。自分からそういう店へ行くようになってしばらく経《た》つと、先輩作家が「近ごろのホステスはなんだ？　口もよう利けんからこっちでサービスせにゃならん」などとぼやくようになってきた。そういう時代からまたずいぶんの歳月が経っている。果して、一夜にして、くどこうと思うような女性にめぐりあえるかどうか。

私は不安になり、まだそういう箇所に出入りしている古い編集者に片端から電話して訊《き》いてみた。すると、十年以上前に私が知っているバーより更に質が落ちているという。

「○○というバーは名前だけ知ってるが、あそこは大きいから少しはマシな女性もいるんじゃないですか」

「あそこは今は化物屋敷です」

こういう情報を得れば得るほど、女をくどくことは絶望的のようである。娘も、つてを通じてバーの状態を調べてくれたが、私があまり浮かぬ顔をするので、

「どうしたの、パパ？ いいバーが見つからないので鬱病《うつびょう》になっちゃったの？」

と言った。

ともあれ、その夜はペコちゃんが若い子がいると言うので、初めて聞く名の店へ行った。

久方ぶりのバーであるうえ、競馬をやったことで気力が高まり、かつ何としても

たと思う。

「女をくどこう」などという自分には似つかぬ意欲を抱いていたもので、私はべらべらとくだらぬおしゃべりをしたようだ。昔からバーで、「あの爺《じじ》い、いやらしい奴《やつ》だなあ」などとひそかに思ったこともあったが、どうやらそれと似たような発言であったと思う。

妄想に描いていたような美女こそいないようであったが、とにかく若くほっそりとして可愛《かわい》いと言ってよい女性もいた。私は厚かましくその子をわきに坐《すわ》らせ、三、四人のホステスに向って、自分はもう齢で足腰も弱り、バイアグラであれスッポン大王であれ何を用いても駄目な鉄壁の難攻不落のインポであると述べた。

そう言っておけば、たとえそのあと自分がいかような言動に出ようが、彼女たちの貞操は絶対に大丈夫であると安心させるためであった。

しかし、あとで考えてみるとこれはかなり愚かな発言ではなかったろうか。躁病《そうびょう》になると私は少し威張りたがる癖がある。それもどうもつまらぬことを威張る。一体、この世のどこに、初めて会う女性を前にして、「おれさまは天下一品の、世界歴史に名を残すインポテンツだ」なぞと自慢する男がいよう。

ともあれ、躁とギャンブルによって高揚させられていた私は、その次にわきにいるほっそりとした子の腿《もも》を撫でた。誓って言うが、これまでの生涯私はそのような行為をしなかったし、しようとも思わなかった。

するとその若い子は、

「感じました！」

と言ってくれた。

それが見知らぬ白髪だらけの老人に対する世辞なのか、或いは現代っ子のあっけらかんなのかは分からない。

ともあれ、生れて初めて恥知らずの行為をし、おまけに「感じました！」と言われた私は感激してしまった。

清純作家である私は性に目覚めたのである。自分が「腿膝《ひざ》三年尻《しり》八年」の吉行淳之介先輩のごとき性豪になったと思った。

性もしぼみゆき平和島競艇！

銀座のバーへ行くまで、近頃のホステスがおよそつまらなくなったと聞かされていた私は、まあ最後の見聞に初めは期待を抱かず、ざっと二軒ほどまわって帰ろうと娘に言っていた。

ところが思いがけずも若い女性の腿を撫《な》で、「感じました！」と言われて感激し、性に目覚めてしまったのだが、娘にしてみれば、父親が先に上山競馬へ行く前から元気になっていたとはいうものの、それまでずっと「もう死ぬ」とうめいていた齢《とし》老いたその父がまさかそう簡単に性に目覚めたとは感じとれなかったらしい。

なんとか私をもっと愉《たの》しませようと思ったらしく、店の若い女の子に尋ねて、もっと現代的風俗的な店を教わった。

それは六本木のランジェリー・パブであった。タクシーの中で娘は、

「さすがに娘がついてゆくわけにいかないから、あたしとペコちゃんはそこらの喫茶

店で一時間待ってる。そのあいだにパパは石井さんと心おきなく探訪してきて」

と言った。

しかし私はラン・パブなる名称も知らなかったし、他の三人もまだその実態がいかなるものかを知らぬ。石井さんにしても知りあってまもない、しかも噂《うわさ》だけはよく知っている躁病《そうびょう》の私をいかようにあつかうか困ったのかもしれぬ。結局、みんなでその店に乗りこむことにした。

その代り、娘は、私が或《あ》る会社の会長となり、石井さんは部長、ペコと自分は女秘書と称することを案出した。女性秘書を二人も連れた会長ならあんがいもてるかもしれぬと、私もその案をうべなった。

ビルの六階にあるその店は満員で、三十分ほど外の椅子《いす》で待たねばならなかった。しかし、その間、酒は持ってきてくれる。呼びこみの男の一人が黒人だったので、訊《き》くとガーナ人とのことだった。外国人のほうが安く雇えるというより、黒人がいたほうが六本木らしく洒落《しゃれ》て見えるからであろう。

待っている間、その隣りの薄暗い店を覗《のぞ》いてみた。なんだか裸に近い女たちが男客の腰にまたがっている。かなり過激な店であるようだった。昔から私はそのような店をまったく知らぬ。そのため、せっかく目覚めた私の性も逆にかなりしぼんでしまったようだった。

さて、ランジェリー・パブというのは、女の子が裾《すそ》のごく短いスケスケの浴衣《ゆかた》のようなものを着ている。その下には何もつけていぬようである。しかし、彼女らはべつにこちらにまたがってこぬようなので、私は安堵《あんど》し、また少し性に目覚めかけた。

何よりも席に来た彼女らはごく若くすらりとして、どうも銀座のバーの子より綺麗《きれい》なようであった。この店は四十分九千円とかで、むろん銀座より安い給料で働いているのであろう。私はとっさに彼女らのひとりをスカウトして銀座のバーに売りわたしたら儲《もう》かるのではないかと考えた。

そこで先ほどのようなおよそくだらぬ猥談《わいだん》を始めようとしたのだが、すぐに諦《あきら》めざるを得なかった。一つには店のカラオケから騒音といってよい音楽が流れ、ふつうの音声では聞きとれないことである。もう一つは、銀座のバーではホステスたちは一応の受け答えをするのだが、ここの女はそれだけの会話を交す能力がおよそないことである。私の隣りにいた女の子が言った中で、ただ一つ覚えている言葉は、「中学のときからヤッた。高校になったらイッちゃった」というものであった。最近の若い子がそのようであることは週刊誌などで読んではいたが、実際にナマの現代っ子の口からそれを聞くのは初めてのことであった。おまけに彼女らは時間がくると、ほとんど挨《あい》撈《さっ》もせずにさっさと立って他の席に移ってしまう。

彼女らのやることといえば、客とマイクで歌をうたうこと、ランジェリーをはだけて出鱈目《でたらめ》な踊りをやること、である。

隣りの席は三人くらいの四十代のサラリーマンで、その一人はYシャツをぬぎ上半身は裸で、ネクタイを額に巻き、いかにもテレビドラマに出てくるような「風俗大好き」といえる男であった。ノリのいいカラオケの歌をうたい始めると、まわりの女が彼と抱きあって踊っていた。性に目覚めかけた私が見ても醜悪な図といってよかった。

そして、もっとも重要なことといえば、女の子が酒のお代りを作るとき股《また》をひらくことだ。

天井のあたりにウイスキーやブランデーが五本程並んでいる。新しい杯を作るとき、彼女らはのびあがって片足をあげて酒をそそぐから、その間股のあいだが垣間見《かいまみ》える仕組みとなっており、これが売物らしい。

私を除いた他の三人がどんな気持でそれを眺めたかは知らぬ。だが、私にはさような光景に対しては抵抗がある。むかし医学生の頃、産婦人科の実習でのことだ。それもライトに照らされたそこを眺めるだけでなく、トリコモナスなどの病気のあそこを触診させられるのだ。おまけに上役の医者から仲間のインターン生に取りかこまれての情況の中でだ。あれではいかなる性もかき消えてしまう。

もしランジェリー・パブが客と女と一対一であったなら、免疫《めんえき》のない私でも或《ある》いは別種の感想を抱いたかもしれないが、なにせ満座のまっただ中である。また性に目覚めかかっていた私も、逆にしおたれてしまった。女性たちとも会話らしい会話とてできなかった。ただ二度目に隣りにきた若い子が礼儀も正しく、私たちが帰るときもちゃんと外まで送ってくれた。

とにかくこの夜の十年ぶりのバー行脚《あんぎゃ》は、半分は「感じました！」の感激と、半分はかようにくだらぬ股びらきの失望の中に終ったのである。

しかし、たとえいっときの幻想ではあれ清純作家であった私が性に目覚めたことは、しばらく尾を引いた。なにせ「世を捨てて」「もうじき死ぬ」はずだった私が、言葉の上だけでも「性に目覚めた」ことは大事件というべきだったのだ。

私はさまざまな人にこのように言うようになった。

「ぼくは性に目覚めました」

「インポでなければ性はわかりません」

後者のエセ性哲学ふうのものは、つまり男は異性とのことをさまざまに空想妄想するが、ペニスが立つかぎりは、結局は射精というごく単純なものに帰結してしまう。

それが、完璧《かんぺき》なインポテンツであれば、いわばペニスは無視されるから、更に更に深遠にも面妖《めんよう》にも妄想が起せると考えられたからである。

そんなことで私は、新潮社でもっとも冷静で正常者であると思われる栗原さんに対してても、むかしのはかなき性体験までを話すようになった。

「ハンブルクで寝た女性の部屋にはトイレがなかった。トイレの場所を教わって、それらしい部屋へ入り、真暗の中を手さぐりで進んで行ったら、いきなりベッドで寝ていたらしいお爺《じい》さんの禿《はげ》頭に触れたのです。向こうは何か声をあげた。ぼくもさすがに……。ところで、部屋にトイレがないと言ってもビデはちゃんとあったのです。最後に、彼女は羞《はじ》らいもなく笑いながらそれに腰かけて……」

栗原さんがいかにも嘆かわしそうに、かつ難ずるようにこちらを見ているので、

「こういう話はすべてとうに女房にも告白しているものです。だからぼくは潔白で……」

「しかし、北さんは昔は決してこういう話はしなかったものです」

私の独自性はかなり異常なところに負うものだと思っているが、栗原さんにしろ妻にしろまったくその異常性を否定しようとするのが困る。何より二人ともかつての株騒動を思いだすからであろう。

久しぶりに元気が出た私はもう少しマシなことでもすればよいのに、くだらぬテレビ番組を眺め、突如として、

「おーい、キミ子。この○○の焼肉のたれとかは矢鱈とCMを出してるぞ。それで少しは売れるかもしれんが、CM代というのは高いんだろ？　これじゃ赤字になるんじゃないかなあ」

と、深刻に憂《うれ》いても、

「あなたが経理を頼まれてるんじゃないから、ほっとけばいいの」

のひとことが返ってくるばかりである。

或いは活気が出たので逆に、

「おれはガンになっても手術も入院もしない。なんとか経口モルヒネを手に入れて、眠るように従容《しょうよう》と死んでやる」

と宣言しても、

「そんなことおっしゃって、いざとなれば大騒ぎするでしょ」

と鼻であしらわれ、更につけ加えて、

「あなたは弱虫だから、死ぬまでがそれこそ大変なのよ」

ワイド・ショーを見ていると、子供を虐待《ぎゃくたい》する親という特集があった。

　女性アナウンサーが解説している。

「このような非道なことをやった親は、いかなる人物でありましょうか？」

聞いていて私は、一度でいいからその「人物」とやらになってみたくなった。子を虐待する親はざらにいるらしいが、まだ孫を虐待した祖父母というのは聞いたことがない。孫を虐《しいた》げてみたら、私も「かなりの人物」としてあつかわれるのではあるまいか。

　しかし、考えてみればとうに孫は私より遥《はる》かに強い。何年も前にまだベッドの上でウルトラマンごっこをしたときでさえ、本気になっても勝てなかった。その後私が足首を骨折し足腰が弱ってからは、孫は一切私の身体《からだ》に手を触れなくなった。ほとんどジイジには口もきいてくれぬが、ときに拳《こぶし》でぶつ真似《まね》をする。真似だけで身体にはさわらない。もし本当にぶったりすれば、この老耄《ろうもう》のジイジがたちまち倒れてしまうことをわきまえているからである。

　それならば、「孫に虐待される爺さん」という役をやってみたらとも思ったが、それは自分があまりにみじめであるから中止することにした。

　そんなふうに愚かしい日を送っているうち、孫が学校が休みで早くから家にいた日があった。娘夫婦は多忙で土・日以外は私の家であずかる。やがて妻は孫を連れてプールへ行ってしまった。そして、何時《いつ》まで待っても帰ってこない。一時は虐待するかされるかを考えた孫ではあるが、予想に反してまったくその声も聞えぬとなるとやはり寂しい。学生時代、私は季節外れの北アルプスを単独行し番人のいない山小屋に泊ったりして、孤独には強いと自分では思っていた。それがこのときは思いがけぬ孤独感に襲われた。

そこで、腿《もも》に触れて感じてくれたホステス嬢のいるバーへ行ってみようと思いついた。本当は「孤独」が先か、「腿」が先かわからないのだが。

バーの電話番号は承知しているから、場所を知ることはできる。しかし私は無類の方向オンチで、一人ではとても行きつけそうにない。そこで知っている編集者に片端から電話してみたが、いずれも校了間際《まぎわ》とかで閑《ひま》のある人はいない。辛うじて、かつて一度だけ仕事をしたことのある講談社の金沢さんという女性をさがし当てた。彼女は児童部の係でやさしく親切な印象だ。バーに同行するにはあまりふさわしいとも思わなかったが、そんなことを言っている場合ではない。

私と金沢さんは、ともあれ先日の銀座のバーに辿《たど》り着いた。あらかじめ電話してあったので、「感じました！」の若い女性も私の横手の席に坐《すわ》ってくれた。それまでに彼女のことは金沢さんにくわしく話しておいた。

それから、私は先夜と同じく瘋癲《ふうてん》老人らしき言語を発しかけて、ふと脇《わき》を見ると、隣りのボックスになかなか綺麗な女性の横顔が見えた。他のホステスより遥かに美女である。

私は彼女がホステスなのか客なのかをそっと席の女性に尋ねてみた。客だとのことである。それならばくどくわけにもいかないと諦めていると、一人のホステスが、向こうでは北さんのことをもう知ってますよ、学生の頃北さんのものを読んだそうです、と告げてくれた。

以前の私なら決してそんな真似はしなかったであろう。しかし性に目覚めた瘋癲老人になっているので、厚かましく彼女に席に来て貰《もら》った。

その美女は鷺沢萠《さぎさわめぐむ》さんという作家だそうである。私は最近の文壇事情にうといので知らなかったが、あとで聞いてみると私の担当の編集者はみんな知っているすでにかなりのキャリアをつむ作家であった。話をしてみると、作家だけに会話もうまいし明るい性格であるらしく、私はつい長く話しこんでしまった。

気づいてみると、ごく優しい性格と思っていた金沢さんが、なんだか悪戯《いたずら》っ子を監視する保育園の先生のような目つきでこちらを眺めている。私はわざわざそのためにやってきた「感じました！」の子をほったらかして、鷺沢さんと長話をしていたのだった。

金沢さんはあとで言った。

「北さんはずいぶん目移りしますね」

慌《あわ》てて鷺沢さんには席に戻って貰い、私は肝心の彼女にむけて口をひらいた。かなり卑猥《ひわい》な、というよりごく幼稚な言葉である。

「君のオッパイはほっそりした体には大きすぎて少しこわい。……でも、やっぱりしゃぶりたい」

店を出るとき、金沢さん——彼女は先に私に童話を書いたらと依頼してくれていた——は言った。

「これでは童話はとても無理ですね。そんな不純な心では」

と。

このように二度目のバー行きも、なんだか龍頭蛇尾《りゅうとうだび》で終った。これまでの私の人生における言動と似たように、人の失笑を買ったにすぎなかった。

もっとも何時もには似ず、自分でも最後の躁だと思っていただけに、のろまな私が素早い行動もとっていた。一つは「感じました！」の子の携帯の番号を聞きだしたこと、もう一つは鷺沢さんにいつか食事をしようと誘ったことである。

私の不器用さを知っている金沢さんも、これには感心したように、

「素早いですねえ」

と言ってくれた。

ところが、その携帯に電話してみるとぜんぜんつながらぬ。これは現代っ子にからかわれたと思って、店に電話をしてみると、それは単に私が番号を書き間違えていたためであることがわかった。現に休みの日に新宿くらいまで出られないかと訊《き》くと、「いいですよ」と言う。ところが約束の当日電話をすると、「熱が出た」から駄目だという。かなり奇妙な言動をする老人ではあるが、やはり天下一品の金城鉄壁のインポとつきあってもつまらぬと思われたのかもしれぬ。

今度は鷺沢さんに食事の予定でも尋ねようと電話をしてみた。すると、しばらく韓国に旅をするという。彼女も駄目かと思っていたら、「今夜はあいています」と言う。それで強引に拙宅まで来て貰った。

妻が鷺沢さんに、

「北は弱りきっているなんて言っていて、雨の中を銀座のバーまで行っちゃうなんて」

とぼやいているので、私は思いだした。あの夕方、私が家を出る前からかなりの雨になっていたのである。足が弱っているので片手で傘をさすと杖突《つえ》く身にはあぶない。しかし、性に目覚めると「雨ニモマケズ」信ぜられぬ遠出もなしとげたのである。あのときは「ひょっとすると銀座へ行くかも知れず」とだけ、妻に書き置きしてきた。一人でおよそ遠出などしたことのない私のことである。それが行方不明になったので、妻は内心ずいぶん心配もしたらしい。

次の日だったか、何かの話の流れで孫に尋ねてみた。

「最近、元気なジイジで何か困ることある？」

孫は答えた。

「どこかへ行って分からなくなっちゃうこと」

これはおそらく妻の愚痴を聞いたのであろう。それにもまして、たとえバアバが不在なときでも、ジイジだけはいつも確実に家に存在していた。バアバと家へ戻ってきて、そのジイジが見当らなかったことは孫に強く印象づけられたものにちがいない。

さて、かように性に目覚めたりしおれたりしていた私は、そのあと目的を失ってしまった。

「感じました！」の子にこれ以上しつこく電話をする気にもなれぬ。鷺沢さんと食事をすれば愉《たの》しかろうが、しばらくの間、韓国へ行っているようだ。それで、私が新しくやることと言えば、ビデオを借りてきて見ることとだけだった。

私はもう十年以上も映画館へ行っていない。以前は近くのビデオ屋でビデオを借りていたが、それも五年以上前にやめてしまった。ただ元気が出ていくらか歩けるようになったので、またビデオを借りだしたのである。

そんなふうであったから、新しい映画の題名も知らぬし、近頃の俳優の名前も知らぬ。ビデオのジャケット写真を見て、なるたけ美しい女の恋愛映画らしいものを借りるようになった。

そしてその一本をつけると、忽然《こつぜん》として私好みの若い楚々《そそ》とした美女が出てきた。しかもかなりセクシーでもある。むろん名前も何もまったく見知らぬ女である。

これがエリザベス・テーラーやオードリー・ヘップバーンであれば、その美しさや可憐《かれん》さを何度も見ていて、いわば免疫《めんえき》性があり周知なものといえた。ところが、そのビデオの女性は名も何も知らない未知の存在で、それゆえにこそ圧倒的にこよなく可憐に目に映じた。

私はその女の顔のアップが出るたびに、思わず知らず、

「可愛《かわい》い、あ、可愛い」

と口走った。

けれども、せっかく「性に目覚めた」と豪語しておきながら、とどのつまりはビデオの女を繰り返し見て、

「可愛い、あ、可愛い」

と呟《つぶや》くだけでは、あまりといえば情けないことではないか。

私は自らを情けなく感じ、そしてこの世のすべてがまたはかなくなった。

はかなくもたわいもない性の話は別にして、肝心のギャンブルのことに戻ると、ペコちゃんは競馬だけでは面白くないからと言って、一度競艇へ行ったらと曾野綾子《そのあやこ》さんに頼んでくれた。そして、ちょうど他にそのような希望もあったらしく、曾野さんからざっと次のような通知があった。

「早いもので、私が日本財団に勤めるようになりましてから、もう四年が過ぎました。その間私は、皆さま方を競艇にお誘いするなどということは恐れ多い、と考えておりましたが、最近数人の方から『いつ連れて行ってくれるのよ』とイヤミを言われるのを感じるようになりました。

よって突然、決心をいたし、四月五日の平和島競艇にお誘い申しあげたく存じます。

……本来はこういう場合お弁当をご用意するのが常識と存じてはおりますが、日本財団は私の指導で諸出費節約にこれつとめ、ケチに徹しております上、中には舟券を買わずにひたすらその時間を場内の食堂探訪に当てたいという『競艇場の敵』のような人物も身近におりますので、ご自由に召し上がって頂くことにいたしました……」

私は競艇というものを知らなかったし、またそれまであまり興味がなかった。なぜならボートは機械であり、私はごく機械オンチである。

昔から人の顔、名前を覚えぬ名人であったが、たとえば車の種類にもどうにもまったく無知だった。まだ兄の家に居候《いそうろう》をしていた医局員時代、兄の小さな子たちがいろんな車の名前を知っていておどろいたが、それは兄が飛行機マニアでいろいろな種類にもくわしかったから、その血を受けたのだと思っていた。車の新聞広告を見ても、私にはたいていの車が同じように見える。どうしてわざわざ金をかけて区別もつかぬ広告を出すのかと不思議であった。ところが自分の孫もごく幼くしてさまざまな車の名を言い当てるので、そういう当り前の常識と知られ私が特殊な存在なのだとようやく気がついたものだ。

同じ機械であるボートについても知識はないが、「日本財団とは何者だ」というコピーは気に入っていた。実は医局員時代、「お前は何者だ」というのが私の口癖の一つだったのだ。つまり、同じ医局員の名前も覚えぬので、先輩の医者がやってきても、そのたびに「お前は何者だ」と言っていたらしい。

ペコちゃんも競艇は知らなかったが、さすがに或《あ》る程度調べてくれた。

「競艇は六隻《せき》ずつ出ます。ですから競馬に比べれば当る率はずっと高いです。選手よりも舟によるらしいですね。人に聞くと、固く収まるほうがずっと多く、その代りもし荒れると大穴が出るらしいですね」

競馬はよく馬七割、騎手三割と言われる。武豊《たけゆたか》は天才だけあって謙虚で、いつぞや馬九割と言っていた。競艇もボートが九割くらいの比率を示すらしい。

「石井さんは競馬以外やらぬと言ってましたが、毒喰らわば皿までだと同行することになりました」

当日は日本財団に集合、そこからバスで平和島へ行くことになっている。先着した私が一室で待っていると、徐々に人が集まりだした。社長夫人というような人もおれば、男性もごく身なりよく、あまり賭博《とばく》には縁のなさそうな人たちばかりである。知らぬ方ばかりなので、

「実はぼくは競艇は初めてです」

と挨拶《あいさつ》すると、

「いえ、私もまったく知らぬのです」

というような返事が返ってくる。その口調はおだやかで、いかにも人柄が良さそうである。

それで私は、この人たちは競艇どころか競馬にも縁がなく、賭博に関してはまったくの素人《しろうと》だと判断してしまった。このバクチ巡業を始めて以来、ペコちゃんや石井さんに比し、いかに自分がギャンブラーとして駄目かとコンプレックスを抱いていたので、この連中よりはマシだと自負したかったのであろう。

平和島に着くまでの車中、競艇について日本財団の方から説明があった。私は財団は競艇の利益によって運営されるものと考えていたが、レースを開催する市町村が大半を取り、財団にはいるのはその一部だそうである。

競馬と大きく異なるのは、午前中のレースと午後のレースの差であり、午前中だと競馬の連勝複式と同じく一着二着がその裏の二着一着の順番であっても取れるのに、午後のレースはきちんと一着二着の順番に買っておかないと外れとなることである。いわゆる連勝単式というものらしい。従って六隻だけの発走なので午前のレースは十五通りの組み合わせしかなく、オッズは低いけれど、的中率はぐんと高いことになる。

更に別な人が、曾野会長はたまに競艇場を視察にきてちょびっと賭《か》けるのだがまことに当らない、従って皆さんは曾野会長の買うのとは別の舟券を買われたらいかがかと言った。曾野さんがかつてマダガスカル島のカジノでルーレットの数字に賭けて二回つづけて当て、それを資金にして世界の日本人シスターを援助する会を作ったことは前に書いた。競艇に関わりだしてからは千円くらい賭けるが一度も当たったことがないとは聞いていた。これはのちに確かめたら最近になってやっと一回当てたそうである。

平和島競艇場は立派であった。ペコちゃんによると、ボートの発走場の傍へ見に行ったら、凄《すご》い水煙があがり爆音も高らかで、競馬とはまた別の迫力と味わいがあったそうである。

足腰の悪い私は四十人近くの招待客らと二部屋に案内され、それぞれ競艇新聞に見入っていた。

さて発走となると、初め私が素人と睨《にら》んだようにギャンブルに縁のなさそうな客たちは一斉に窓際《まどぎわ》に駈《か》け寄り、あられもない歓声をあげはじめた。

「ふん、バクチのど素人たちめ。そんなふうに熱狂しては当たらんのだ。おれさまを見ろ、こんなふうに氷のように冷静に席に坐《すわ》っている。これこそが真のギャンブラーというものだ」

実際は坐っている椅子《いす》から立つにも努力が要り、窓際に立ってのびあがるのもつらかったからである。

そして、いくら氷のように冷静と称しても、当らないものはやはり当らない。

この日の資金として、私は前回に書いた自分のヘソクリを持ってきた。次に娘はラスベガスに行く予定を立てている。もう妻は金をくれないであろうし、この日は適当にしておいて資金を減らしたくなかった。しかし、ペコちゃんの「荒れると大穴が出る」の言葉も忘れることができなかった。

前の大井競馬ではあまりに多く流しすぎた。で、この日は新聞を頼りに固いのを一点、穴を二、三点にとどめることにした。ただ大井競馬では一点三千円どまりだったのを、一点五千円にふやすことにした。

午前中のレースは、ごくごく固く収まった。ほとんどが新聞の予想する一、二着である。

「北さん、けっこう当たるじゃないですか」

とペコちゃんが言ったが、ごく固いものばかりでいくらもつかない。他に一万か一万五千円投じているので、ごくわずかな儲《もう》け、或《ある》いはトントン、中には当たったにもかかわらず赤字のものまであった。

そんなことより重要なことが起った。ペコちゃんが自動販売機から何か飲物を買ってきましょうと言うので、ビールを頼むとアルコール類はないという。

私は歯がわるいからいかなる弁当も欲しくない。しかしケチと自称される曾野さんが、「饗応《きょうおう》というのはよくないが、私はビール一本くらい飲みあって語りあうのは大切だと思う」と何かに書いていたことを思いだした。世界の気の毒な人を救うのに熱心な曾野さんが、ビール一本に生命《いのち》をかけている人間の存在を忘れていることを恨めしく思った。

私がそのようにビールに意地汚ないのは、家で妻からきびしく制限されているからである。

のちに一日に缶ビール三つを許されるようになったが、その頃は二缶であった。夕食のとき缶ビールを半分飲む。寝る前にそのコップ半分のビールをもう一回飲むときがもっとも幸せだ。

財団の人がきて感想を問うので、一応施設などを誉め、さりげなく、

「ところで自動販売機にビールがないのは、飲むとやはり困るような人がいるからですか」

「そうです。たまに荒れる人もおりますからね」

「競艇はすこぶる良いです。しかし、ビールがないのだけは良くないです。これだけはまったく良くない」

「いや、ビールはありますよ」

そう言ってその人は、一本のビールを持ってきてくれた。やはり接待客のために少しのビールは用意してあったのである。

私はこのうえなく満足した。結局、全部で三本は御馳走《ごちそう》になったと思う。しかし、あまりにもホッとしたため、氷のように冷静なギャンブラー精神もどこかへ行ってしまった。

午後のレースは一、二着が逆になれば外れることは前に書いた。しかし、午前のレースがあまりにも固く来たため、私は本来は狙《ねら》うべき裏目の番号をやはりはずしてしまった。

すると、わざとしたように、狙った③-④が裏目の④-③とくるのである。立てつづけに同様のことが起り、私は午前のわずかな稼ぎどころか、瞬《また》く間に十何万かを擦ってしまった。ビール三本にしては高くついたというべきである。

今日の集いは、最終レース前の11レースまで終《しま》いにして一同帰る予定になっていた。

しかし、口惜《くや》しくなった私はペコちゃんに言った。

「12レースは買えないものかな」

「財団の方に頼んでみましょうか」

そばにいた若い男性職員が快くそれを引き受けてくれた。私は三点を五千円ずつ頼み、お金を渡しながらつい「くすねるなよ」と言った。

その人は親切な方であった。やがて拙宅に手紙が届き、競艇新聞のコピーと私の舟券がはいっていて、「残念ながら外れました」と記してあった。

そのときの二着、一着を私は買っていたのだ。もしもその裏も買っていたら、かなりの配当になったはずである。

のみならずその手紙は郵送料の不足で、百何十円かの不足料をとられた。

私は礼のハガキを出したが、末尾につい、「郵送料不足だったウラミ、終生忘れませぬ」と記した。

その人はあくまでも礼儀正しい方で、おわびとしてわざわざテレフォンカード――それも二枚も送ってくれた。

従って、このたびの競艇の結果は、支出二十万、儲けビール小びん三本、テレフォンカード二枚ということになる。

3章　消え去りゆく物語

実に面白かった星新一さん

星新一さんとは初めそれほど親しくはなかった。

ただ、ソビエトに行っても自由に好きなように旅行ができないというので、日本文《ぶん》藝家《げいか》協会の中にある日ソ友好同盟での交換旅行ならまだマシだろうと、星さんと大庭《おおば》みな子さんと一緒に行ってから、急に交遊が深まった。

しかし、いざ実際に行ってみると、女性の通訳ですらその日にならないと次はどこへ行くか分らぬという状態であった。

星さんがいちばん年上だというので団長となった。モスクワに着いて、初めてそのエリンコバさんという通訳に迎えられたが、初め与えられたホテルはトイレも外にあるというので、彼女が「これはひどいホテルです」と言い、ヨーロッパでもっとも大きいというロシア・ホテルに変えてもらったほどだった。

そのとき、星さんが実に面白い人だと初めて知った。私はどちらかというと鬱病《うつびょう》でヨタヨタ歩くので、星さんはそれを利用して、「北さんはこういうデリケートな人だから、どうしても個室が必要なのだ」と言ったりした。

それは旅立つ前にも、前回のメンバーがケンカをして、男性が女性をなぐったと聞いて、「やはり一室に同居させられたからじゃないですか？　やはり個室を与えられるよう、これだけは向こうに伝えておいてください」と、彼は言っていた。

また私以上に飲《の》ん兵衛《べえ》のようであった。ソビエトのビールはまずいが、ブランデーはかなりうまい。汽車に乗って食堂車に行くときも、星さんはどこからかブランデーを入手していた。

モスクワから寝台特急の「赤い矢」号に乗り、エルミタージュ美術館のあるレニングラード（現在のサンクトペテルブルク）に行くときも、一室で星さんと私、隣りの部屋で大庭さんとエリンコバさんが寝たのだが、初めは私たちの部屋で話をした。そのときも星さんは彼女の膝枕《ひざまくら》に横になって、「今夜はエリンコバさんに夜這《よば》いをせにゃならん」と言った。この「夜這い」という言葉を好きらしく、のちに私のマンボウ・リューベック・セタガヤ・マブゼ共和国の「文華《ぶんか》の日」で彼に文華勲章を与えたときも、そのあとのパーティで、「おれはボート・ピープルだから、この床の下にもぐりこんで、今夜は北家のお手伝いさんに夜這いをせにゃならん」と言ったりした。

またこのとき、「おれはナメクジだ」と言い、床に這って「ヌラーリ。ヌラーリ」とナメクジの真似《まね》をしたりした。

もう一つは、彼の酒乱のことである。一度私は対談の名手と言われた吉行淳之介《よしゆきじゅんのすけ》さんと話したとき、躁病《そうびょう》だったのでペラペラとしゃべりまくり、吉行さんが「これはちとやりにくいな」と言ったりした。対談が終り、吉行さんが「キチガイと対談したのは初めてだ。しかしキチガイというと差別用語になるから、頭の構造がおかしな人とでもしておくか」と言うので、私は「わが躁病に敵なし」と思いつつ、或《あ》るバーに行ったらそこに星さんがいた。それから凄《すさ》まじい口論が始まった。そしたら、やりこめられてしまった。何を言ってもすぐ彼がまくしたてる。その言っていることが理論も何もないメチャメチャなものだから、つまるところはやりこめられてしまうのである。

いつもニコニコしている。しかし、いったん酒乱になるとものの凄《すご》い顔となり、凄まじい気迫となる。酒乱であるときをのぞき、しゃべることが実に面白い。SF仲間のあいだでも、その面白さは定評があった。

ところがのちに星さんがお亡《な》くなりになったあと、私の妻が彼の奥さまに会うと、「家ではたまにナメクジの真似をするくらいで、何てつまらない人だと思っていました」ということであった。

彼のショート・ショートの文庫は実に多く売れたようだが、或るとき「あれも昔に書いたものは時代にあうよう書き直さなきゃならないので、あんがい大変だ」と言っていた。

倉橋由美子《ゆみこ》さんのエスプリ

倉橋由美子さんの才能には初めから驚嘆していた。私が「夜と霧の隅で」で芥川賞《あくたがわ》をとったとき、正直のところ倉橋さんの「パルタイ」のほうがずっと良かった。むろん作品は個人によって評価が異なろうが、少なくとも私のは古びたスタイルである。それに比べて倉橋さんのは新しい。新しい新人を求める芥川賞の趣旨にとってもずっとふさわしい。世間にとっても、大江健三郎《けんざぶろう》さんにつぐ学生作家として評判が高かった。その少しあと、私は倉橋さんと一度だけ対談したことがある。まだずいぶんと若い印象であった。何を話したかもう忘れたが、和食の大半を残された。好き嫌いのひどくはげしい方だと思って尋ねると、アレルギー体質なのでこれこれのものが食べられぬとのことである。ふつうはアレルギーはサバなどの青い魚とかほぼ一種から起るものである。それにしても五、六種の食品によっても起るというのは相当にナーヴァスな方だと思った。

そのあとバーに寄ってカウンターに坐《すわ》った。するとあちこち見まわしていた彼女が、「このカウンターはずいぶん広いと思っていましたが、半分は鏡に映っているのですね」と言われた。すると左手に鏡があって、なるほどカウンターの長さが二倍に映って見える。更に倉橋さんは、「あたし、バーに来るのは初めてですので、こういう光景は初めてです」と言われた。私だってそのバーは初めてだったが、少なくとも私の知る女性でバーに行ったことのない人はいないので、私は内心、この人はかなりのカマトトじゃないかと思った。のちになって、倉橋さんはまったくアルコールに無縁な方だと判《わか》った。

倉橋さんはその後もずいぶんと仕事をされていた。御本は頂いていたが、一作ごとに趣向をこらして、物凄《ものすご》く意欲的で熱心な方であるようだ。『スミヤキストQの冒険』などは本当に前衛的なものであった。

その後はしばらくお目にかかったことがなかった。そして、お身体《からだ》がわるいということでずっと休筆されていた。それが何年もつづいた。やっと初めて私の『父っちゃんは大変人』の解説を書いてくださった。彼女は女流には珍しくユーモアのあるものを書かれた。ユーモアには種々あるが、まだ私が文壇に出る前には、評論家たちが井《い》伏鱒二《ぶせますじ》さんのような微苦笑のものを高く買い、声をあげて笑ってしまうようなものは程度が低いとされていた。むろんユーモアには上下の差のあるものではない。たとえばマーク・トウェインのユーモアは自分を読者より低い地位におき、読者として、これは自分より愚かである、ああ可笑《おか》しいと思わず声を出してしまうものである。一方、エスプリは頭のよいフランス人がよくやるように、自分を読者より高い地位に置き、これを批判し風刺するものである。両者に上下のへだたりはない。倉橋さんのは頭が良いからこのエスプリのたぐいであろう。倉橋さんの批判精神はかなりきびしく、彼女はどの人間の深部にもひそむ残酷性をよく承知していた。トーマス・マンや埴谷雄高《はにやゆたか》さんのようにちゃんとそれを見ぬいていた。『大人のための残酷童話』はずいぶんとベストセラーをつづけた。

そのあと、倉橋さんは「サントリークォータリー」に連載を始められたが、当時広報部にいた娘が半分以上担当した。そのとき倉橋さんは酒の雑誌だからと考えられて、種々のカクテルを知ろうと、私と娘と一緒にあるバーに行った。私の横で倉橋さんは一つのカクテルを頼みバーテンさんにいろんなことを教えられていたが、そのときまったくグラスには口を触れなかった。そのとき私は彼女がまったくアルコールに無縁なことを知ったのである。そのあと連載されだしたものを拝見すると、各回ごとに違うカクテルを枕《まくら》に置いている。またずいぶんと苦労されている跡がありありと見える。

あんなに努力してはまたお体を悪くされるのではないかと心配したものだ。

その頃、娘はずいぶんとノー天気な子なので倉橋さんは気を許されたらしく、一度娘がやってきて、「倉橋さんて優しい方だと思っていたけど、ずいぶんと他人の悪口をおっしゃるわ。それもかなりあけすけなのよ」とびっくりしたように言ったことがある。倉橋さんは自他に厳しい方でかげでこそこそ言っているのではなく、嫌いな作家の批判は堂々と雑誌に発表されていた。

そのかなり前だったが、御病気の埴谷さんをお見舞に行ったとき、対談のあと以来、久しぶりにお目にかかった。そしてやがて心臓がお悪いとおっしゃって電話で何回か話した。いろんな医者にかかっても良くならぬと言う。なにしろ頭が良いので本を読まれて病気についても薬についてもずいぶんとくわしい。耳鳴りも原因不明であると言う。たとえば喘息《ぜんそく》患者などは自分でいろんな薬を試しているので医者に向ってこちらの薬のほうが良くはないかと言うのはかえっていけない、ずいぶんとナーヴァスな方だから半分はニューロティックなものではないか。不眠があると言うのでトランキライザーをすすめると、これもくわしい。薬がこわいので精神分析はどうかと言うので、私はあれは自由連想にしろ時間ばかりかかって中々良くならない、また森田療法の基本はこう言うことですと説明すると、「生れた県が同じなので、一応知っています」と言う。「それがいけないのです」と笑いあったのがずいぶん前のことであった。

そのあと、伊豆のお宅に電話しても誰も出られないので、また御病気がお悪くなったと思ってそれきりにしていた。向こうからも御連絡はなかった。

このたびお亡《な》くなりになったと連絡を受け、私よりずっとお若いのにとまさしく呆《ぼう》然《ぜん》とした。その読売新聞の方に聞くとちょうど『星の王子さま』の新訳を完成されたばかりと言う。また新潮社の方によると、長篇の執筆を引受けられたばかりだったと言う。まさしく惜しまれる。

宮脇俊三《みやわきしゅんぞう》さんに感謝

私が初めて外国に行ったのは、いわゆる「マンボウ航海」である。まだ一般日本人は外国へ行けぬ時代であった。

その航海が終ったあと、東京新聞にかなり大きくその記事が出た。そのためか四つほどの出版社から、その航海の話を書かぬかと依頼があった。光文社カッパ・ブックスの編集長さんからの依頼もあった。しかし、その頃の私は純文学だけをやろうという意志があったので、すべて断わった。

その中には中央公論社の編集者、宮脇俊三さんからの依頼もあった。しかし、宮脇さんがのちに書かれたものによると、文芸評論家の奥野健男《たけお》さんから、北杜夫という新人作家が、今「文芸首都」に連載している「港々にて」という文を読んでみろと言われたので、注文したそうである。

しかし、私はやはり断わった。宮脇さんによると、その断わり方が肩がはらないものだったので、その後も奥野さんと一緒によく新宿などで酒を飲みながら、それとなく誘ったそうである。

「書いてみろ」とは言わず、「書いてみたらどうですか？」という言い方だと記憶している。しかし、のちになって、「本当は一流出版社から依頼されて断るなんてけしからんと思っていたのですよ」というのが本音だったそうである。

私はそれまでに「文芸首都」や「新潮」に書いた小説で三回芥川《あくたがわ》賞候補になっていた。ただ航海に出る前に書きだした「夜と霧の隅で」がひどく難航した。航海が終ったあと、私は十二指腸潰瘍《かいよう》と診断され、何よりもむずかしい小説を書こうとするストレスが悪いと判断した。私はその頃、酒タバコをかなりやった。酒よりもタバコはやめにくい。たまたま『あなたはタバコがやめられる』という訳書が出ていた。それによると、タバコ代というものはバカにならぬ、それよりその金でバーでうまいカクテルを飲んだほうがよい、というような、うまく人をダマすようなことが書かれている。私はダマされてみようと思った。一週間くらいは苦痛だったが、そのあとは楽だった。何を食べてもおいしく、私はみるみる肥《ふと》った。そこで、初めて『航海記』の執筆を引受けたのである。

宮脇さんの勧めで、旧軽井沢にあった藤屋旅館にカンヅメになったときは、くわし

ろかった私にとっては意外なことであった。多分一ヵ月半くらいで書き終ったと思う。ごく執筆ののあったから、自腹であった。まだほとんど無名の新人でい「航海日誌」があったし、一日に二十枚以上も書けた。

ろかった私にとっては意外なことであった。

宮脇さんは職人気質で本を造る人で、私が前に『幽霊』を自費出版したときあまりに売れなかったため、定価をなるたけ安くするように頼むと、表紙の裏につけた「航海図」も自分で描いてくれた。

またページの終りがギッシリだったり、二、三行で終ったりすると感じが悪いので、第一章プラス何行、第二章マイナス何行などと計算してくれたりした。私はうるさいことを言う人だと思ったが、行数などを数えられた申訳なさから、一所懸命に直した。

本が出たあと何日か経《た》って、私は宮脇さんがあまり熱心に造ってくれたので、また売れぬと申訳ないから、ある精神病院を見学に行ったあと、小さな本屋に寄ってみた。すると、「今品切れで増刷中です」という話である。私はその話が信じられず、わざわざ紀伊國屋《きのくにや》書店に寄ってみた。すると、平積みの本の中の一ヵ所が空になっていて、そこに『航海記』の帯が一つ落ちていた。

なにより宮脇さんに感謝しなければならぬのは、私は妻と結婚してからもまだ新宿大京町の兄の医院の一室に居候《いそうろう》し、あちこち土地や売家をさがしていた。すると宮脇さんは、「土地をおさがしなら、私の家の隣りに空地がありますよ」と言ってくれ、即座にそこに決めた。

のちに「マンボウ・マブゼ共和国」を造ったとき、宮脇さんに「コロンブス賞」というのを与えた。つまり国土発見の賞である。宮脇さんは皮肉屋でもあり、そのあとのゲスト・ブックに「祝建国。但《ただし》、国滅ぶること望むや切なり」と書いたものだ。

宮脇さんは隣家であるから、夕食前に「ちょっと食前酒を」と電話すると、「じゃあ、ちょっとだけ」と言ってすぐ来られた。あまり早く来るので妻が笑ったものだ。

宮脇さんはのちに中央公論社で重役ともなった。三人ほどの社員が首になったときも、宮脇さんは会社側につかねばならなかったので、左翼の連中がよく、「裏切り者の宮脇俊三出てこーい」「出てこーい」とシュプレヒコールに来たものだ。

宮脇さんが亡《な》くなられたのは、何より酒を飲まねば書けぬ性であったからである。

軽井沢茫々《ぼうぼう》　何とか安楽死させてくれ

私は旧制松本高校の出身だったから、似たような自然を持つ軽井沢には関心を抱いていた。冬休みに篠ノ井《しののい》経由で帰京する際、軽井沢で途中下車し、落葉松林《からまつばやし》のひろがる中を散策し、好きであった立原道造の詩などを口ずさんだ。そのようなこともあり、慶應病院の助手となってから、夏休みをそこで過すようになったのである。

もちろん金もなかったから、民家の六畳間を借りていた。それも友人と金を出しあって半分の日数を滞在していた。そんな一日の夕方、偶然に星野温泉のバス停で奥野健男《たけお》さんに出会った。彼は麻布中学校の一年先輩で、博物班という同好会で将来天文学者になると言って望遠鏡をのぞいていた。その頃私は『幽霊』を自費出版して、新進評論家である奥野健男にも本を送っていた。しかし、まさか中学の先輩の奥野さんと同一人物だとは知らなかった。彼は彼で、昆虫少年であった齋藤宗吉が、北杜夫などという名で小説を書くようになったとは知らなかった。しばらく話をしているうち、お互に正体がわかって二人ともあっけにとられた。

『幽霊』は文壇の人に送ったが、まったく無視され、私はガッカリしていた。ところが奥野さんはこれを読み、一応の評価をしてくれた。それは彼が本好きでSFから何から読んでいたから、自費出版本にまで目を通したらしい。もっとも期待して読んだのではなく、その題名から何かお化けの話かと思って読みだしたと聞いた。

奥野さんは父上が星野温泉に山荘を持っていたことから、昔から夏をこの地で過していた。それから交友が始まった。彼は私の生原稿を読んでくれ、悪くないから「近代文学」に紹介すると言ってくれた。私は「あそこは左翼でおっかなそうだから、いいよ」と断わったが、彼は勝手に私の原稿を持って行ってくれ、おかげで私の短篇は四つ「近代文学」に載せて頂けることになった。「三田文学」にも一つ載せて貰《もら》った。

やがて私は結婚することとなり、『どくとるマンボウ航海記』も出し、毎夏を小さな貸別荘で過すようになった。奥野さんには小さな女のお子さんが二人あり、私にも赤ん坊ができ、それからは家族ぐるみのつきあいとなった。

昔の軽井沢はごく涼しかった。外出するときはセーターを持参したものだ。それから、よく霧がたちこめた。家々の誘蛾灯《ゆうがとう》にくる虫もおびただしかった。中学以来初めて奥野さんと出会った星野温泉入口の大きな誘蛾灯には、夏の終り、大きなヤママユガがおびただしく集まってきた。

　そうしているうちに、夏に軽井沢に来る作家たちとも知合うようになった。矢代静《やしろせい》一《いち》さんも多分奥野さんの紹介であったと思う。

　矢代さんも早くから文学の道へ進んだ人で、銀座の老舗《しにせ》の長男として生れながら、昭和十九年十七歳で早くも俳優座俳優講習会の講習生になっている。昭和二十一年にはその文芸部員となっている。私と違い、極めて早熟である。そして戯曲を書きだすが、やがて肺浸潤から肺結核となり、その本格的活動は少し遅れたようだ。同じく学生時代に早くも「太宰治《だざいおさむ》論」を書いた奥野さんとは、昭和二十七年に知合っている。昭和二十八年には遠藤周作さんとの交流も始まった。

　ともあれ、昭和三十五年にやっと『航海記』で世に出た私に比べ、昭和三十年には二冊の戯曲集を出していたから、奥野さんと共に文学上ではずっと先輩であった。しかし、矢代さんと私は同じ年齢で、ただ彼のほうが一カ月先に生れた。

　矢代さんも太宰が好きで、『含羞《がんしゅう》の人――私の太宰治』という本を書いている。私も大学時代に太宰文学にイカれた時期があり、少しは太宰について話しあいそうなものだが、その記憶は一切ない。もともと私は文学論が嫌いなせいもあったろうが、矢代さんともほとんど文学の話はせず、もっぱらバカ話であった。

三島由紀夫《ゆきお》さんが太宰に向って、「あなたの文学は嫌いです」と言ったことは有名だが、そもそも太宰のいる席に三島さんを連れて行ったのは矢代さんであった。しかし、この事件のことも矢代さんは私に語らなかった。彼がごくシャイであったことと、二人ともわざとそういう話題を避けていたのかも知れない。

矢代さんは中村真一郎さん、遠藤周作さんとは時には文学の話、宗教の話をしたらしい。矢代さんは遠藤さんがゴッドファーザーとなってカソリックに入った。


ともあれ、毎夏の軽井沢は愉《たの》しかった。やがて辻邦生《つじくにお》さんも夏は旧軽に来るようになり、宮脇俊三さんも中軽に住むようになった。東京では親しい友人であれ、なかなか時間がとれないし、どこかの料理屋へ集まるにしろ距離が遠い。その点、軽井沢では私も中軽井沢に山小屋を作り、お互いにごく近くなったし、食事に行く店にしろごく近かった。みんな小さいお子さんがいて、家族ぐるみごく気楽に尋ねて行けるのだった。玄関から入るというのではなく、軒先から訪れるという感じであった。

なかんずく遠藤周作さんの山荘では盛大なパーティをやった。遠藤さんはにぎやかなことがお好きで、かつ世話好きであったから、作家、俳優、「三田文学」の青年たち、聖心女子大学出の若い女性たちが集まった。文字どおり飲めや歌えやの騒ぎをやった。

その席で矢代さんのお得意は、「すみれの花咲く頃」であった。「春すみれ、ランラン」と唄《うた》い、手をポキポキと鳴らした。私は大音痴なので虎造《とらぞう》の浪曲をやった。

そうした隠し芸をやるには酔っていないとできぬ。どうしても先に酔っぱらった者が有利である。矢代さんは育ちがよいのでふだんはごく温厚だが、酔ってくると、「おい、北。お前の番だ」とか、或《ある》いはみんなに合唱を要求したりする。そこで私は家を出る前に一杯ウイスキーをひっかけて行ったりした。

ところが矢代さんはビールだけで酔うのである。遠藤さんの家に着くと、矢代さんがニヤリとし、「おれはもうできあがっているぞう」と言うと、これはもうやられたとゾッとした。酔っていることを「できあがる」と称していた。

そう言えば、東京の私の家にも矢代さんはたまに電話してきた。夕食どきのことが多い。まずいことに私は鬱病《うつびょう》になると、親しい人にもろくに口を利《き》けなくなる。まして、電話口から、「おれ、もうできあがっちゃってさあ」という声が流れてくると、ますます口も利けない。すると、矢代さんは「じゃあ、キミ子さんに代って」と、私の妻と長々と話すのだった。

矢代さんが由緒《ゆいしょ》ある商家の跡をつがず文学への道に進んだのは、矢代夫人によると、

「やはり自分は商人には向かない」という意識からだったという。しかし、きちんとした商人の血を引いていたのは、仕事のやり方、シメキリの守り方などにやはり現われていたという。

奥野さんのお嬢さん由利さんの書いたものによると、矢代さんは二人のお嬢さんに午前中はきちんと勉強させ、食事の前にはお祈りをさせ、そして自分は朝から机に向っていたという。まだ小さなお嬢さんには甘くメロメロだったが、長男にむかっては、「おい、シンイチロウ」と、せい一杯威厳を示そうとしたりした。

私とは文学の話はしなかったが、よく、「この夏は君、仕事できた?」とか、「ぼくもけっこう仕事できた」とか、「仕事」という言葉をよく使った。そういう点はやはり働き者で律義《りちぎ》であった。

また矢代さんは自分で飲むビールを、毎日、自分で買いに行くという。散歩して体にもよいからであろう。一方、私はズボラだから決してさようなことはしない。妻によく、

「あなたはお友だちのよい点は少しも学ばないのね」

と言われた。

軽井沢も八月も末になると、付近の別荘も次第に閉ざされ、ひっそりとしてしまう。

そして、よく雨がつづき、余計しょぼんとした空気になってしまう。

遠藤さんはそうした寂しさが嫌いで、わりに早く帰京していたと思う。矢代さんはゴッドファーザーがいなくなるとやはり寂しいらしく、

「遠藤は孤独に弱い。三日ほど雨がつづいたら、もう帰っちまった」

などとボヤいたものだ。

ある時、矢代夫人にその話をし、

「矢代さんは孤独には強かったんですか？」

と問うと、夫人が友人の家などに出かけて少し遅くなるとすぐ電話をかけてきたりして、あまり孤独には強くなかったようだ。

そう言えば或《あ》る夏の終り、友人がみんな帰ってしまって寂しくなったらしい矢代さんから、遊びに行ってもよいかと電話があった。私も帰る間際《まぎわ》で、ウイスキーはあったがビールはもはや一本もなかった。軽井沢の冬にビールを残しておくと寒さのため破裂してしまうからである。矢代さんはビールしか飲まない。その旨《むね》を言うと、やがてビールびんを抱えて矢代さんが現われた。

矢代さんの「すみれの花」も発展して行った。そのときのパーティは矢代さんのお宅で行われた。宴たけなわになったとき、彼は、

「いよいよ、すみれの花」

と言って、二階への急な階段を登って行った。そして、なかなか現われぬ。下から、お嬢さん二人が照明を当てる。やがて、その光の中に浮びあがったのは女装をした矢代さんだった。奥さまの洋服を着こみ、スカーフをまいている。そして、「春すみれ、ランラン」と唄いながら階段を一段ずつ降りてくる。照明がそのグロテスクな姿を追う。このときは一同、肝を抜かれ拍手大喝采《かっさい》であった。

ところが、これが年一年とエスカレートして行った。すっかり宝塚の花形となった気分の矢代さんは、衣裳《いしょう》といい照明といい凝りに凝りだしたからである。

さすがの遠藤さんも、

「おい北。矢代のところに行くのもいいが、またあいつの女装を見せられるのかあ。気味がわるいよ」

と言うようになった。

一方で、パーティのたびに満州生まれの矢代さんの奥さんが作って下さる、ボルシチのようなスープのおいしさは、今も忘れられない。

矢代さんは外食するのも好きだった。遠藤さんのお気に入りの「ダメおやじ」と称した怠け者のおやじさんがやっているラーメン屋さんにはよく行った。

矢代さんの贔屓《ひいき》していた店に、焼鳥屋「滝の里」があった。おばあさんが一人でやっていた。気さくな人で、よく客に小言を言っていた。

その夏、七月から猛烈に暑かったが、私が軽井沢へ行ったのは八月になってからであった。矢代さんは七月の初めからやってきていて、奥さまもお嬢さまもいず、一人孤独に執筆に励んでいるとのことであった。

さっそく滝の里で食事したが、いつもの笑顔で元気そうだった彼が、次第に浮かぬ顔になってきた。私が、

「いやあ、東京は暑かった。夜、眠れないんだ。君はあんがい行動力があるね。暑いと思ったらパッと軽井沢に来るなんて」

「おれはむかし胸の手術をしたろう？　脇骨《わきぼね》が足りないせいか、クーラーに堪えられないんだ。それで早く来たんだが、痛風にやられてね」

「痛風？」

「つまりだね、女房が帰っちまうとおれ一人ぽっちだろう？　この滝の里にしろ、まだ店が開いていないんだ。それで、野菜をちっとも食べなかったから、痛風になっちまったのだと思う」

「一体、何を食べてたんだ?」

「つまり、中軽の駅まで行ってソバを食う。その帰りに国分印のコンビーフとウインナーを買ってくる。ソバ以外はコンビーフとウインナーばかりだろ。これじゃ痛風になるよ」

私は国分印というのがおかしくて、申訳ないが少し笑った。

「その痛いところを蜂《はち》に刺されてね。痛風の薬を塗ったうえに、また蜂の薬をつけたんだ。ところが痛風の薬と蜂の薬の相性がわるいらしくって、もっと痛くなってたいへんだった」

申訳ないが、この話はもっとおかしみを誘った。

初め幼かったお嬢さんも息子さんも、それぞれ成長した。

二人のお嬢さん、朝子ちゃんと友子ちゃんはいずれも立派な女優となり、長男の新一郎さんは新潮社の編集者となった。彼は初め「フォーカス」に配置された。

遠藤さんは、

「おい、おれたちも新ちゃんに頼んでフォーカスに載せて貰おうや」

と言ったりした。おそらく美女とラブホテルに入るところのヤラセの写真でも撮って貰いたかったのかも知れぬ。また新一郎さんは理科にも強く、一度私があるＳＦを思いつき、どうしてもタイムマシンが必要なので、「せめて二割くらい科学的に正しいタイムマシンを作るには？」と尋ねると、ペラペラと答えてくれたが、残念ながら私にはその理論が理解できなかった。

友子ちゃんは「矢代さんと一卵性双生児」と言われるほど性格が似ているそうだし、朝子ちゃんも女優には珍しく短歌を作って私の東京の家に持ってきたりした。見るとなかなか個性のある歌である。私の本棚から『南方熊楠《みなかたくまぐす》全集』を借りて行ったりする。私の妻なんぞは、私がその全集を買いこんだとき、ナンポウグマと読み、私が南方の熊の研究でも始めたのかとビックリしたそうだ。

私は短歌は素人《しろうと》だから、一度かって近くにおられた俵万智《たわらまち》さんをお呼びして見て頂くことにした。同時に朝子ちゃんはその頃アメリカで「小泉八雲」の芝居をして帰国したときだったので、私の『航海記』などを訳してくれたアメリカ人マッカーシーさんを呼び、からかう計画を立てた。まず活潑《かっぱつ》な朝子ちゃんに電話をし、

「俵さんはとてもしとやかな方だぞ。だから、ごくしずしずと入ってきて、おじちゃまあと、いつもより優しい声を出すんだぞ」

みんなが集まってから彼女がやってきて、「おじちゃまあ」と言うと、私は、

「こら、おじちゃまなんて馴々《なれなれ》しく言うな。おじちゃまと言うからには、何らかの血

のつながりがあるはずだろ。しかし、おれは矢代さんの奥さまとあやしい関係などなかったぞ」

と、まずおどしておいて、

「かなりアメリカにいたからには、英語もうまくなっただろう。これはペンです、って言ってごらん」

「ディス・イズ・ア・ペン」

「ちがう！　ディソ・エズ・ア・ペーンだ。マッカーシーさん、そうだろ？」

「そうです」

「これは何ですか？　は」

「ハワット・イズ・ディス」

「ちがう。ウォット・エズー・デエーズだ」

そのあと、マッカーシーさんが出鱈目《でたらめ》な英語をしゃべり、彼女を困らす予定だったのだが、なにせ美女が二人もいるので、彼はあがってしまい、打合せどおりには行かなかった。

このように愚かしくも愉しい刻《とき》を送っているうち、歳月が流れた。

遠藤さんもお体の調子から、軽井沢にはちょっとしか来られなくなった。ただ平成四年の夏、『深い河』を書きあげるため軽井沢に来られ、かなりの作家編集者と日本料理屋で会合し、「毎夏、一度はこうして集まって、夏の夜の会とでもいうのをやろうや」と言われたのが、軽井沢での最後の出会いとなった。

そのうち、私も体調をくずして行った。まず歯がわるくなり、御飯すらよく噛《か》めなくなった。その後、腰痛がひどく、杖《つえ》をつかねば歩けなくなった。親しい人たちとの会食もついついできなくなった。

それでも矢代さん夫妻とは、一夏に一度だけは食事をしていた。ある夏は遠藤さんがお悪いことがどうしても話題になり、矢代さんは一杯飲んで「すみれの花」とつぶやいてすぐやめ、「やはり遠藤がいないと盛りあがらんなあ」と言った。

そのあとの遠藤さんの死は矢代さんにとってよほどのショックだったらしく、或る女性編集者は「矢代さんのうしろ姿が急にショボンとなった」と言った。

そして、信じられぬほど次々と軽井沢で親しくさせて頂いた先輩たちが亡《な》くなって行った。奥野さん、中村真一郎さん、そして矢代さん。

ずっと体調がわるく自分が先だと思っていた私はひたすら茫然《ぼうぜん》とするばかりであった。

矢代さんは私などと比べられないほどお元気だった。事実、遠藤さんが亡くなられたあとの夏、「軽井沢における遠藤さんをしのぶ会」を考え、私に司会をしろと言った。私は不元気だったから、「一人ではとても無理だ。君と二人でかわるがわるやろう」と頼み、二人してやった。

遠藤さんの通夜《つや》ミサのとき、朝子ちゃんが、

「遠藤のおじちゃまはいつもまわりの人にエネルギーを与えていらしたから、お疲れになってお亡くなりになったけど、北のおじちゃまはその逆だから、あんがい長生きをするわ」

と言った。

またこのまえの夏、軽井沢高原文庫で「遠藤周作展」が行われたときは、もう遠藤パーティを知る人も少なくなっていたので、私は頼まれ何とか三十分くらい無駄話をした。すると友子ちゃんから、

「おじちゃまはやっと一人立ちできたわね」

と言われた。

そもそも矢代さんが亡くなる前年の十二月、私は矢代さんと或る短歌雑誌で対談している。彼は真面目《まじめ》だから少し調べてメモなんか持ってきたが、私は腰かけているの

も苦しいのでごくいい加減に応答し、彼が「これで新春対談になるのかね？」と言うので、思わず「ならんね」と本音を吐いた。そのあと杖に頼って歩く私を、矢代さんは心配そうに見送ってくれた。それが最後であった。

事実、亡くなる日も矢代さんはちょっと風邪気味で、奥さまにカユを持ってこさせて食べ、そのあと行ってみたら、本棚から遠藤さんの『死海のほとり』を取り出そうとして倒れていたと聞いた。

矢代さんは最後の大きな仕事として、ザビエル伝を完成させたが、息子さんにも、

「あと一つか二つ、ちゃんとした仕事をしたい」

と言っていた由《よし》である。

また朝子ちゃんによると、私がくだらぬ孫の本を出したので、「おれが孫のことを書けば、これよりはマシだ」という意を洩《も》らしたそうだ。そのお孫さんがようやく大きくなり、さまざまな言葉をしゃべるようになり、可愛《かわい》い盛りになったことを思うと、言うべき言葉を失う。

矢代さんの遺稿として、太宰のことと、「ユーレイのいたずら」というのが雑誌に発表された。ユーレイは未完と思われ、「墓地に親近感を覚える」と言っていた矢代さんがこれをずっと発展させれば、昔ながらの独特の人間観、宗教論にまで及ぶので

はなかったかと惜しまれる。

そう言えば、彼はずっとヤクルト・ファンであった。当時、ヤクルトは万年ビリであった。私の贔屓するタイガースはその頃はまだ少し強く、ヤキモキする試合も多く、ヤクルトは不動のビリなので、私は矢代さんに、

「君は気楽でいいねえ」

と言ったことがある。皮肉ではなく本音だったのだが、彼はずっと覚えていたらしく、やがてタイガースが万年ビリになると、

「北は気楽でいいねえ」

と言い返してきた。

もう一つ、

「君は友人は少ないほうがいいって言ってたけど、あれは本当かもしれない。おれも年とったから、もうこれ以上友人をふやすまいと思う」

と言ったことがある。

本当は、奥野さんに始まって、夏に軽井沢で知合った文学の先輩について、もう少し書きたいと思って筆をとったが、今の健康状態ではとても無理である。お許しを乞《こ》う。

この夏の末、私は山小屋から出ることもなく、ひたすらベッドに横たわっていた。すると、よく雨が降った。軒先に当る雨音が、いやに大きく、間断なくつづいていた。何人かの先輩、そして銀座育ちでいかにも鷹揚《おうよう》で照れ笑いをしていた矢代さんもすべていなくなってしまった。まさしく軽井沢茫々である。

私は諸先輩と違って、もはや成すべき自分の仕事をすべて諦《あきら》めた。生きていても甲斐《かい》がない。

先日、天皇賞でサイレンススズカが骨折して安楽死させられた。娘に、

「パパも何とか安楽死させてくれ」

と言ったら、

「名馬じゃなくて駄馬だからダメ」

と言われた。

雪山で凍死

齢《とし》をとって何もできず、歩行もままならぬようになってから、私はよく餓死することを考えた。将来、地球は食糧危機に見舞われそうだが、今の世界では一部の地域を除き餓死する人はまだ少ない。その餓死する状態をなるたけ明らかにして、世間の人の参考にしようと思ったのである。

しかし、これは世間体もわるいから、妻などは強くこばみ、何とかして私を生かそうとするだろう。娘はもっと強引であるから、私の鼻をつまんで無理矢理私の口に食物をつめようとするだろう。それをはねのける気力も体力も私にはもはやない。従って、今のところは餓死はむずかしいと言わねばならない。

私の生れた家は青山墓地のすぐそばだったから、そのくすんだ墓石の群は幼い頃からなじみのものだった。死というものについてぼんやりと子供心にも考えたらしい。

しかし、第二次大戦の末期、空襲で家が焼け、九死に一生を得たとき、また翌々日だったか青山の電車通りを見に行ったとき、防空壕《ごう》から掘りだされる焼死体を見、なかんずく神宮参道の入口の二カ所にピラミッド状の屍体《したい》の山を見たときも、痛切に死というものを考えはしなかった。あまりに死が当然のことで周囲に満ちていると、かえって死を見つめなかったようだ。

逆に、平和になってから、松本高校に入って信州の美しい大自然の中で暮している と、死というものをしばしば考えるようになった。大学生になって三年目だったか、私は医学に対する疑問から神経衰弱状態になり、自殺のことを痛切に考えた。当時シヨウペンハウエルの断片を集めた『自殺について』が岩波文庫であり、その中の「生は幻想にすぎない」とか「死そのものが根源的なものであり、生はその表皮である」などという文句が、ほとんど肉感的に共感できた。何日か私は死のことを考え、日記にも「今、残雪のあるアルペンの写真が目の前にある。自殺するならやはりここだ。ここで今までのあやまった道を返上し、元のように自然に帰ることだ」などと記している。あとになってふり返ってみれば、やはりあれは「病気」であったにちがいない。

愛読したトーマス・マンの『魔の山』の中でも、もっとも好きであったのは「雪山」の章で、主人公のハンス・カストルプは雪の中で吹雪に遭い、凍死寸前になって或《あ》る夢を見る。それは人類存在の根源を示すような、美しくかつ恐ろしい「夢」であった。その夢をくどくどと解説することは止《や》めておこう。

　餓死をあきらめた私ができることは、せめてあのような雪山に行き、あのような「夢」を見ながら死を待つことがいちばんとも考える。しかし、歩くこともままならぬ私が、どうしてそのような雪山まで行けるのであろうか？

上高地の思い出──おわりに

二〇〇八年の春、スーパー元気な娘が「パパが生きている間に家族旅行をしたい」と言い出して、妻と三人で上高地を訪れた。さらに先日はまた娘が、「紅葉の季節にも行きたい」と言い出して上高地を再訪した。自分の意思には関係なく、娘たちに強引に連れて行かれたが、五月はケショウヤナギの芽吹きがちょうどいいタイミングだった。季節が早過ぎると全然芽吹いていないし、ちょっと遅いと開いてしまう。これまで、三、四回はチャレンジしたが、今回が一番美しかった。

上高地では河童橋《かっぱばし》まで歩いてみたが、リュックを背負った元気のいい人たちが文字通り列をなして歩いていて、辟易《へきえき》した。私にとっての上高地といえば、恐ろしいほど深閑としたところだった。戦争末期で年がら年中お腹《なか》の空《す》く時代に、あんな山奥へ悠長に登山をする人はほとんどいなかったのだろう。

初めて上高地を訪れた時は、『母の影』にも書いたように、島々《しましま》から上高地までバス道路を九里歩いたが、道路工事の人とはすれ違っていたが観光客とは誰ともすれ違わなかった。宿も温泉旅館が一軒しか開いておらず、そこの廊下で岡山の六高生に一人会っただけで本当にさびしい所だった。

その昔、松本で一番恐ろしかったのは、大学に入ってから一人で遊びに行った時のこと。十月に常念岳という山に登った時だ。登山前に下級生が山岳部からシュラフザックや、ろうそくを借りてくれて、「熊《くま》が出るかもしれないので口笛を吹き続けて行ったほうがいい」なんて忠告された。

二千八百五十七メートルもある山だから、何度も息切れして、ようやく山頂の小屋に着いた。既に夕方になっていたが、急に不安な気分になってきて、「松本平の灯でも見えるか？」と高みに昇ったが、雲に閉ざされて何も見えない。急に、心細くなり慌《あわ》てて小屋へ戻って、ドラム缶にボウフラが浮いているのをトントンとたたいて沈め、それで米を炊《た》いた。

夜に恐ろしかったのは、お化けが出ないかということよりも、季節外れの変な登山者がひょっこり現れたらどうしようという、そういう現実的な恐怖であった。

二十年ぶりの上高地再訪であったが、北アルプスの山々を遠くに見ながら昔のことを思い出すが、目の前の河童橋には人が溢《あふ》れるほどいるから、何か時空が錯綜《さくそう》して妙な気分になった。あたりはもう紅葉真っ盛りで、これだけは昔と同じである。

上高地からの帰りは、ちょうど松本にある「松本市山と自然博物館」で「どくとるマンボウ昆虫展」を開催していたので立ち寄った。栃木県の「県民の森管理事務所」の新部《にいべ》公亮《こうすけ》さんの御尽力で、その昔、青春時代に上高地などで私が採集した約五十箱の標本が展示されており、何十年ぶりかで自分のコレクションに対面した。

私は幼少時から昆虫学者になりたいほどの昆虫好きで、中でもコガネムシが大好きだった。しかし標本は戦災でみんな焼いてしまった。日本で三番目のコガネムシコレクターという平沢伴明さんが松本にいると聞いて、ある時訪ねたら、コガネムシの標本をたくさん下さった。それをずっと大切にしていたが、年をとって管理ができなくなり、奥本大三郎さんなど標本が欲しいという方々にみんな差し上げてしまった。

今回の展覧会は、松本だけでなく、国内を既に何カ所か回っていたそうで、日本昆虫協会の副会長の岡田朝雄《あさお》先生も講演して下さった。岡田さんは、昔、私が南太平洋を回ってニューカレドニアに行った時に、現地に蝶《ちょう》を捕りに来ていたそうだ。

話は変わるが、私が旧制松本高校にいた頃一番欲しかった本は、牧野富太郎博士の『日本植物図鑑』だった。いろいろな学名の他に、この草は神話や何かと関係がある……なんてことまで詳しく載っている図鑑であった。

しかし、その本は学校近くの古本屋で、お金のほかに米三升という値段が付いていた。当時の米三升というと、ものすごく貴重であったが、松本に父のお弟子さんが三人おられて、そのお一人から三升の米を都合してもらってようやく買えた。

本を手に入れて嬉《うれ》しかったのはもちろんだが、心のどこかで「米三升あれば、どれだけいろいろな山に登れるか」と、少し悔しい思いもしていた。

宮沢賢治の「雨ニモマケズ」に、「一日ニ玄米四合ト／味噌《みそ》ト少シノ野菜ヲタベ」という箇所があって、「一日に玄米四合も食べられたらどんなに幸せか」なんて友達と言い合った。そういう食べ物のない時代であった。年齢的にもお腹がすく年頃なのに、薄い雑炊ばかり食べさせられ、お米も欲しいし、本も欲しいという毎日だった。それで、その古本屋のご主人は、「ちょっとずるい人だ」と思っていた。

ところが、高校を卒業してしばらくしてから松本へ行って古本屋さんを訪ねたら、こんなことを聞かされた。

古本屋を始めるときに、ある人に「良い古本に良心的な値段をつけると悪質な同業者に全部買い占められて、一週間で店《や》を止めなければならなくなる。だから名著の場合は他の名著との交換か、お米を値段にプラスした方がいい。そうすれば本当に欲しい人しか買いに来ない」とアドバイスを受けたらしい。だからお金と米三升の値を付けたのだということがずっと後でわかった。

今回、松本を訪れたら、その古書店の息子さんにお会いすることが出来た。立派な店構えで、ちょうど「どくとるマンボウ昆虫展」をやっているということもあり、ガラスケースには茂吉の初版本や、私の本を並べて、フェアまでやってくださっていた。

今回の松本再訪で一番嬉しかったのは、望月市恵先生というドイツ語の先生のご家族と再会できたことだった。

松本高校に入った頃、私は非常に汚い格好をしていたので、かえってひとかどの人物だと思われて、西寮の総務や、校友会の運動部の総務に選ばれた。

ある時、弓道場の囲炉裏を囲んで、上級生と先生たちと議論をしたことがあった。そこに当時、貴重な日本酒が置かれていた。そして、上級生と先生がいろいろなことで、つばを飛ばさんばかりに話し合っている。その横で一人でお酒をガバガバ飲んでいたら、なぜか腹が立ってきて、そばにいた先生二人の頭をポカッと殴ってしまった。

そのうちの一人が望月先生であった。

私はその後目が覚めると、東寮という松高の本来の寮に寝かされていた。

それまで私は酒を飲んで吐いたこともなかったが、どうも担《かつ》がれてきたようだ。しようがないので、とぼとぼと西寮へ帰ったら、総務委員長が、「先生たちが大変立腹しているから謝れ」と怒っている。「停学になるかもわからん」というんで、学校へ戻って、「昨日はどうも申しわけありません」と頭を下げたら、望月先生が、「何で殴られたのかわかりませんでしたよ。エヘヘ」と奇妙な声で笑われた。もう一人の先生はもっと立腹していたが、それも何とか謝って停学にならずに済んだ。

その事件が縁で穂高町にある望月先生のお宅に親しく出入りするようになり、泊まらせていただく事もしばしばだった。そこで初めてトーマス・マンやリルケの話を聞いた。当時は、ほとんど未知な外国の作家だったが、大学に入ってからのマンやリルケへの圧倒的な共感は、そのとき得られたものである。私の『幽霊』という小説も、実はマンじゃなくて、リルケの真似《まね》なのだ。

その望月先生と親しくならなかったら、ドイツ文学どころか、私は文学の世界に進まなかった。だから日本酒に酔って先生の頭を殴ったのが、すべての始まりである。

望月先生は、どちらかというとちょっと左翼系だった。しかし、私の歌集の中から、終戦少し後に作った「星空のいつくしきかもおのづから 涙あふれつ国破れたり」という歌を選んで私に書かせ、私が遊びに行くと、いつもそれは壁に掛けられていた。結婚してから女房も連れていったが、さすがに望月先生は自宅でなく近くの宿を予約してくださって、その上、宿代までお世話になったこともある。

フィッシャーから出た最後のトーマス・マン全集は小型版だが、それも私に送ってくださった。「せめてお代を払わせてください」と言っても、おとりにならない。そういう先生であった。

私がまだ小学生だった娘に、「パパにとって一番大切な先生だよ」と教えたら、娘はひらがなで手紙や、絵を描き、私がそれを差し上げた。そういうものまでアルバムに貼《は》って、ちゃんと残しておいてくださっていたので、さすがに驚いた。

先生にはお二人の御子息がいらして、御長男は大学でドイツ語の、そして御次男は高校の英語の教師になられた。その御次男はずいぶん前にお亡《な》くなりになったが、今回の松本行きで、未亡人にお会いして握手することができた。

私もこれでもう思い遺《のこ》すことはないでしょう。

と、思っていたら、オバマ大統領の「チェンジ!!」が引き金になったのか、突如としてまた躁病《そうびょう》になった。

気分も楽しく、旧制松本高校の校歌や浪花節《なにわぶし》まで歌ってしまう。まさか八十一歳で躁病になるとは思わなかった。
今度こそ、人生最後の躁病か!?　どうぞ皆様は益々《ますます》お元気で。

解説

なだいなだ

ぼくは今でも精神科医として、時々相談を受ける。だが、躁鬱病《そううつびょう》などという、およそ無意味な診断をつけない。そもそも鬱という漢字など、難しすぎて書けない。だが、まっとうな臨床医なら、書こうとして戸惑っているところを患者さんに見られて、権威を失墜するなどという愚はおかしてはならないのだ。

鬱の人が来れば、どうするか。

「わ、北杜夫さんと同じ病気だ」

という。すると女性の患者さんなどは、年齢にかかわらず、うっとりとした眼差《まなざ》しになって、

「そうですかあ。北杜夫さんと同じ病気！」

とにっこりする。鬱の人がにっこりするのである。驚くべきことではないか。

患者さんに必要から薬をのませようとすると抵抗を示されることがままある。だが、

そういう時「北さんもこの薬のんでいるんだがなあ」と、四五度くらい視線をそらし、呟《つぶや》くようにいうと、即座に「それならわたしにも下さい」とくるのだ。これもまた驚くべきことだ。素人《しろうと》にはどれだけ驚くべきことなのか、分かるまいが、ただただ、驚くべきことであることを信じればよい。

しかし、躁の患者さんが来た場合は、ぼくも少し慎重になる。一度、「北さんと同じ病気だ」といったら、その途端、

「北さんと同じ病気！　わーい、わたしマンボウ先生とおなじ病気なんだ！」

と叫んで踊りだした患者があるからだ。それ以後慎重になった。その人の躁のエネルギーが少し落ち始めたころ、すなわち鬱っぽい顔つきになってきた頃合いを見計らって「あなたと同じ病気の人を知っている。北杜夫さんだ」という。すると、患者さんはひどい鬱におちいらないですむ。ま、そういうところがプロの技だ。

臨床ではそれができる。しかし学会などで発表するときに、「この患者は北杜夫病でして」などというと笑われる。笑う方が愚かなのだが、学会のえらい教授たちは、羊みたいにペーパーが好きで、生の人間を扱う臨床が嫌いだ。その大教授たちに、プロの技など分かるはずがない。

健康保険の請求の紙にも「病名。北杜夫と同じ病気」などと書いてはいけない。か

ってに不真面目《ふまじめ》だと断じて、診療代を不払いにされる恐れがある。かれら支払基金の官僚には、素人の技も、プロの技も区別ができないのだ。そしてだれが治療しても、同じ値段の診療費しか支払おうとしない。

そんなことはどうでもいい。マンボウ先生が、エッセーの中で、「おれは躁鬱病だ」と書いてから、精神科の診療は、実にやりやすくなった。ぼくが、かれにたっぷり年金のついた勲章を差し上げるように、国に推薦し続けている理由である。只《ただ》の名誉だけの勲章など価値はない。もしかしたら、ぼくが推薦しているからもらえないのかもしれない。

さて、この文庫版の解説を頼まれた時、ぼくはフランスにいた。その直前に前立腺《せん》がんであると告知され「老人のがんは進行が遅いから、治療の開始が一か月早まろうが遅れようが、結果に大した差はない。予定通り行ってきなはれ」、といわれて、出かけてきたのだ。告知されたら、たいていは一度「鬱」になってから、一部の者が反動で「躁」になるのだが、ぼくの場合は「鬱」を飛ばして「躁」になった。フランスに着くと、パリのまだ知らなかったあちこちを訪ね、日に一万歩は歩き、やれるうちにやりたいことはやっておこうと、ヴェルコール山地などに入り込み、千六百九十一メートルの車進入禁止の峠の頂上まで、二本の杖《つえ》をスキーのストックのように持って、歩いて上った。ここはアルプスと違い、ケーブルカーもロープウエイもない。高さこそ最高で二千五百メートルそこそこだが、あちこち断崖《だんがい》絶壁が聳《そび》える景勝の地だ。そこで、谷の斜面にゲンチアナという草が花をつけているのを偶然に見て、昔の恋人に出会ったように感激した。八十二歳にもなると、昔の恋人は再会したとしても、たいてい皺《しわ》くちゃになっていて、思わず目をつむりたくなるほど、がっかりさせられるが、ゲンチアナ嬢は毎年生まれかわっているので、今年もみずみずしく透明な黄色の花を着けていた。医者になったばかりのころ、診断のつかない患者が来ると、この彼女の根っ子を干して乾かして粉にした薬を与え「これをのんで様子をみてください」といったものだ。ものすごく苦い薬で、《良薬口に苦し》といういろはカルタで育った日本人は、口に入れたとたん「わ、にがあい。これはきいたあ」と喜んで、病気のことを忘れてくれた。

何のことを話していたのだっけ。そうだ、今、自分もちょっぴり北杜夫病だという話をしていたのだ。

そして躁になったればこそ、最近出たばかりのウィンストン・チャーチル伝の仏語訳を読み始めた。一千ページもある外国語の本を、躁にでもならなければ読み始めるものか。躁になると、なんでも片端から手に取って、のぞいてみる傾向が出てくる。

ともかく読み始めたら面白くてやめられなくなった。かれチャーチルもまた有名な躁鬱病である。といってもかれの場合、うつはたまにしか来ない。躁躁躁鬱ぐらいの感じである。マンボウ先生のおやじさんが齋藤茂吉であれば、チャーチルのおやじはランドルフ・チャーチルという財務大臣として有名だった政治家で、猛烈な雷おやじであるところも似ている。かれは父親に叱《しか》られてばかりの、自信のない子どもとして育ち、勉強の成績は上がらない。高校卒業の成績は正真正銘のビリで、かれの後に呼ばれたものは一人もいなかった。そして、上の方はオックフォードやケンブリッジに行くのだが、かれは陸士に行けと勧められる。そして、子どものとき鉛の兵隊を使って戦争ごっこをしていたかれは、学校に入ってから、本物の戦争にあこがれるようになる。ところが任官しても、戦争に行けるわけではない。そこで戦争報道の特派員のアルバイトをして、戦場から記事を送る。当時の将校の給料は安くて、体面を保つに必要な生活費の五分の一にも足りなかったという。そこで一年の半分近くは休暇をあたえ、勝手にアルバイトして金を稼ぐことを許したのだ。知らなかったぞ、そんなこと。たまたま起こった今のパキスタンの辺境地域、現在タリバンのシンパがうようよしているあたりで起こった反乱を鎮圧する部隊が編成される。この戦争の実況報告で、真実をどんどん報道する。今もタリバンにやられているが、当時もやられている。躁病だから、見た通り書かないではおさまらない。だが、かれのリポートは本になり、バカ売れする。それが二一か二歳のころ。それから、かれは兵隊としては、部隊対抗のポロの選手として活躍するが、残りは、戦争があるとどこにでも飛んでいって、取材し報道する記者となる。作戦の失敗は暴露する。おえらい将軍たちの現場での無能を暴《あば》く。戦争の非道さをお茶の間に不向きな映像などと手心を加えないで表現する。ともかく躁には怖いものがないのだ。とうとう「現役の軍人は特派員になることを許さず」という法律か条例をつくられてしまう。これでは軍人としての未来はない。二〇代で、作家として十分に有名になったとき、政治家に転身して、三七歳で海軍大臣になってしまう。そしてこれからの戦争は飛行機が主役になると見て、空母の建艦にのりだし、同時に自分でも飛行機の操縦学校に通う。

ここまでで三〇〇ページ分だ。大変な圧縮だ。そして、このかれが時々弱気になり、閉じこもるようになる。それをマイブラックドッグが来たと表現した。そこから、鬱病の研究所が、英語圏ではブラックドッグ研究所と呼ばれるようになったのだ。獣医さんの勤め先ではない。そこで働いているのは精神科医だ。

いかん、これは北杜夫の解説だった。そうだ、この『マンボウ 最後の大バクチ』を読むと、躁鬱病も繰り返すうちに、本人も躁のなり方を心得、台風エネルギーの平和利用のごとき躁のエネルギーの創造的利用を試みるようになり、それと同時に、家族も進化し成長していくことが分かる。かつてのように、躁に狂う夫を前に、ひたすら呆然《ぼうぜん》とし、泣いたり悲しんだりする姿はない。奥さんも、ずいぶんとたくましくなっている。そして、躁が起これば、逆攻勢で、敢然として、この躁をどう利用するかを考え始める。考えるばかりでなく実行するのだ。家族連れ立ってのバクチ旅行なんて！　まともな（つまり創造性のないということ）精神科教授たちには考えられないだろう。猛獣を調教するような試みを始めるのだ。そしてそれを楽しむようになりさえするのだ。ことに、娘のユカさん（といったって、もうイタリア語のマンマという語感がふさわしいような年齢だが、失礼、許して）の活躍ぶりには目を見張った。この本には、猛獣使いとあだ名される編集者も登場するが、この言葉はユカさんにもふさわしい。全国の躁病の家族よ、躁病にはこう対応すべきなのだ。さすれば、躁のエネルギーの利用によって、東日本大震災によって起こった、電力不足などものともせず、電気の力など借りずに、日本を明るくすることも可能だ。

その点で、家族もまた、立派に、厚生労働省から表彰を受ける権利がある。

この本の中にある珠玉の短いエッセーは、このエネルギーの平和利用によってなったものだ。

この本を、日本の糞《ふん》詰まり揃《ぞろ》いの精神科の教授たちに、躁鬱病の講義の前にぜひ読んでもらいたい。授業がどれだけ魅力的になるか。授業で使うように進呈したい。

（平成二十三年六月、作家・精神科医・老人党）

この作品は平成二十一年三月新潮社より刊行された。

どくとるマンボウ航海記
北杜夫著
のどかな笑いをふりまきながら、青い空の下を小さな船に乗って海外旅行に出かけたどくとるマンボウ。独自の観察眼でつづる旅行記。

どくとるマンボウ昆虫記
北杜夫著
虫に関する思い出や伝説や空想を自然の観察を織りまぜて語り、美醜さまざまの虫と人間が同居する地球の豊かさを味わえるエッセイ。

どくとるマンボウ青春記
北杜夫著
爆笑を呼ぶユーモア、心にしみる抒情。マンボウ氏のバンカラとカンゲキの旧制高校生活が甦る、永遠の輝きを放つ若き日の記録。

マンボウ遺言状
北杜夫著
ハチャメチャ大王・マンボウ氏も、ついに気弱な老人に……なるわけがありません！ 御年77歳の本音炸裂。爆笑やけっぱちエッセイ。

マンボウ恐妻記
北杜夫著
淑やかだった妻を猛々しくしたのは私のせいなのだろう（反省）。修羅場続きだった結婚生活を振り返る、マンボウ流愛情エッセイ。

楡家の人びと（第一部～第三部）
毎日出版文化賞受賞
北杜夫著
楡脳病院の七つの塔の下に群がる三代の大家族と、彼らを取り巻く近代日本五十年の歴史の流れ……日本人の夢と郷愁を刻んだ大作。

倉橋由美子著
大人のための残酷童話
世界中の名作童話を縦横無尽にアレンジ、物語の背後に潜む人間の邪悪な意思や淫猥な欲望を露骨に焙り出す。毒に満ちた作品集。

倉橋由美子著
聖　少　女
父と娘、姉と弟。禁忌を孕んだ二つの愛に挟まれた恋人たち。「聖性」と「悪」という愛の相貌を描く、狂おしく美しく危うい物語。

倉橋由美子著
パ　ル　タ　イ
女流文学者賞受賞
〈革命党〉への入党をめぐる女子学生の不可解な心理を描く表題作など、著者の新しい文学的世界の出発を告げた記念すべき作品集。

白　川　道　著
流星たちの宴
時はバブル期。梨田は極秘情報を元に一か八かの仕手戦に出た……。危ない夢を追い求める男達を骨太に描くハードボイルド傑作長編。

白　川　道　著
海は涸いていた
裏社会に生きる兄と天才的ヴァイオリニストの妹。そして孤児院時代の仲間たち——。男は愛する者たちを守るため、最後の賭に出た。

白　川　道　著
終　着　駅
〈死神〉と恐れられたアウトロー、視力を失いながら健気に生きる娘。命を賭けた恋が始まる。『天国への階段』を越えた純愛巨編！

遠藤周作著
死海のほとり

信仰につまずき、キリストを棄てようとした男——彼は真実のイエスを求め、死海のほとりにその足跡を追う。愛と信仰の原点を探る。

遠藤周作著
夫婦の一日

たびかさなる不幸で不安に陥った妻の心を癒すために、夫はどう行動したか。生身の人間だけが持ちうる愛の感情をあざやかに描く。

遠藤周作著
十頁だけ読んでごらんなさい。十頁たって飽いたらこの本を捨てて下さって宜しい。

大作家が伝授する「相手の心を動かす」手紙の書き方とは。執筆から四十六年後に発見され、世を瞠目させた幻の原稿、待望の文庫化。

星新一著
ボッコちゃん

ユニークな発想、スマートなユーモア、シャープな諷刺にあふれる小宇宙！ 日本SFのパイオニアの自選ショート・ショート50編。

星新一著
未来いそっぷ

時代が変れば、話も変る！ 語りつがれてきた寓話も、星新一の手にかかるとこんなお話に……。楽しい笑いで別世界へ案内する33編。

星新一著
天国からの道

単行本未収録作品を集めた没後の作品集を再編集。デビュー前の処女作「狐のためいき」、1001編到達後の「担当員」など21編を収録。

新潮文庫最新刊

高山正之著
変見自在
スーチー女史は善人か
週刊新潮の超辛口コラム第二弾。朝日新聞の奥深い〝一流紙〟ぶりから、欧米大国の偽善に塗れた腹黒さまで。世の中の見方が変る一冊。

陳天璽著
無国籍
「無国籍」として横浜中華街で生まれ育った自身の体験から、各地の移民・マイノリティ問題に目を向けた画期的ノンフィクション。

平田竹男著
サッカーという名の戦争
—日本代表、外交交渉の裏舞台—
ピッチ上の勝利の陰には、タフな外交交渉の戦いがあった。アテネ五輪、独W杯と代表チームの成功を支えた元協会理事の激戦の記録。

T・R・スミス
田口俊樹訳
エージェント6（上・下）
冷戦時代のニューヨークで惨劇は起きた——。惜しみない愛を貫く男は真実を求めて疾走する。レオ・デミドフ三部作、驚愕の完結編！

U・ウェイト
鈴木恵訳
生、なお恐るべし
受け渡しに失敗した運び屋。それを取り逃がした保安官補。運び屋を消しにかかる〝調理師〟。三つ巴の死闘を綴る全米瞠目の処女作。

C・カッスラー
P・ケンプレコス
土屋晃訳
運命の地軸反転を阻止せよ（上・下）
北極と南極が逆転？　想像を絶する惨事を防ぐため、NUMAのオースチンが注目した過去の研究とは。好評海洋冒険シリーズ第6弾。

マンボウ 最後《さいご》の大《おお》バクチ

新潮文庫　き－4－60

平成二十三年九月一日発行

著者　北《きた》杜《もり》夫《お》

発行者　佐藤隆信

発行所　株式会社 新潮社

郵便番号　一六二―八七一一
東京都新宿区矢来町七一
電話 編集部(〇三)三二六六―五四四〇
読者係(〇三)三二六六―五一一一
http://www.shinchosha.co.jp

価格はカバーに表示してあります。

乱丁・落丁本は、ご面倒ですが小社読者係宛ご送付ください。送料小社負担にてお取替えいたします。

印刷・大日本印刷株式会社　製本・加藤製本株式会社

ISBN978-4-10-113160-3 C0195